Sur les chemins noirs

走在幽暗的小径上

〔法〕西尔万·泰松 著　周佩琼 译

人民文学出版社
PEOPLE'S LITERATURE PUBLISHING HOUSE

著作权合同登记号　图字 01－2018－1626

图书在版编目(CIP)数据

走在幽暗的小径上/(法)西尔万·泰松著;周佩琼译.—北京:人民文学出版社,2020
(远行译丛)
ISBN 978－7－02－015396－1

Ⅰ.①走…　Ⅱ.①西…　②周…　Ⅲ.①游记-作品集-法国-现代　Ⅳ.①I565.55

中国版本图书馆 CIP 数据核字(2019)第 154375 号

出 品 人　**黄育海**
责任编辑　**甘　慧　潘丽萍**
封面设计　**汪佳诗**

出版发行　**人民文学出版社**
社　　址　**北京市朝内大街 166 号**
邮政编码　**100705**
网　　址　**http://www.rw-cn.com**
印　　刷　**上海利丰雅高印刷有限公司**
经　　销　**全国新华书店等**
字　　数　**71 千字**
开　　本　**890 毫米×1240 毫米　1/32**
印　　张　**4.125**
插　　页　**5**
版　　次　**2020 年 1 月北京第 1 版**
印　　次　**2020 年 1 月第 1 次印刷**
书　　号　**978-7-02-015396-1**
定　　价　**48.00 元**

如有印装质量问题,请与本社图书销售中心调换。电话:010－65233595

致 L

我要走出去，旧的哀愁将会忘记，因为空气凉爽安宁，山高直达天际；树林空地也像墓地一样静谧，同时，我可以用朝露洗去我额头上的热度，然后就再不会不高兴了。①

——托马斯·德·昆西《瘾君子自白》

① 译文摘自《瘾君子自白》，刘重德译，湖南人民出版社，1988年。本书注释除标明为“原注”外，均为译者注。

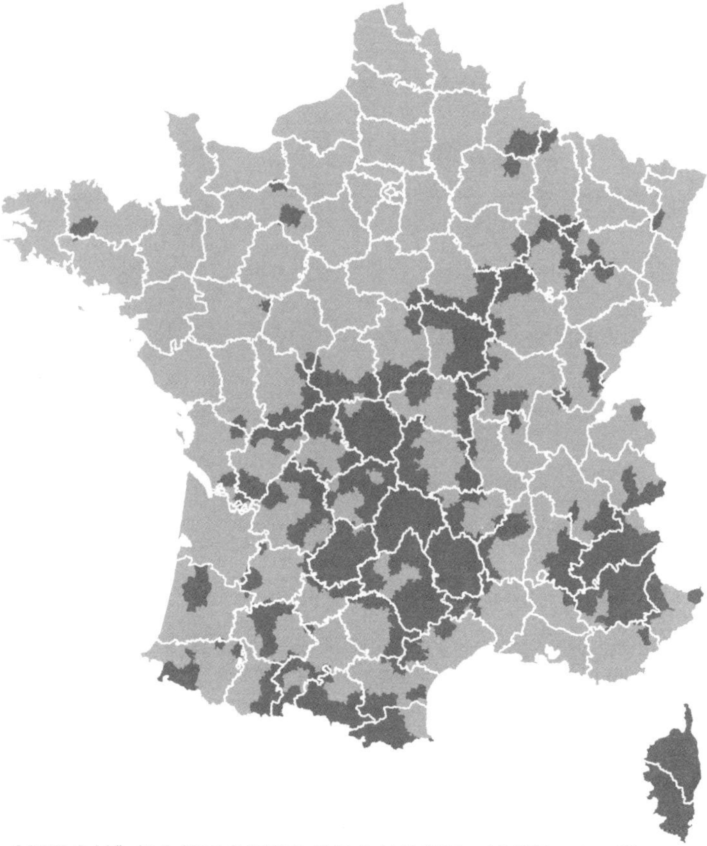

《超级乡村》报告撰写者制定的超级乡村示意图。以封闭、人口稀少，以及缺乏设施、服务与资源为标准，二百五十个“生活洼地”被列为超级乡村（图中深色区域）。© Inra UMR CESAER / M.Hilal.

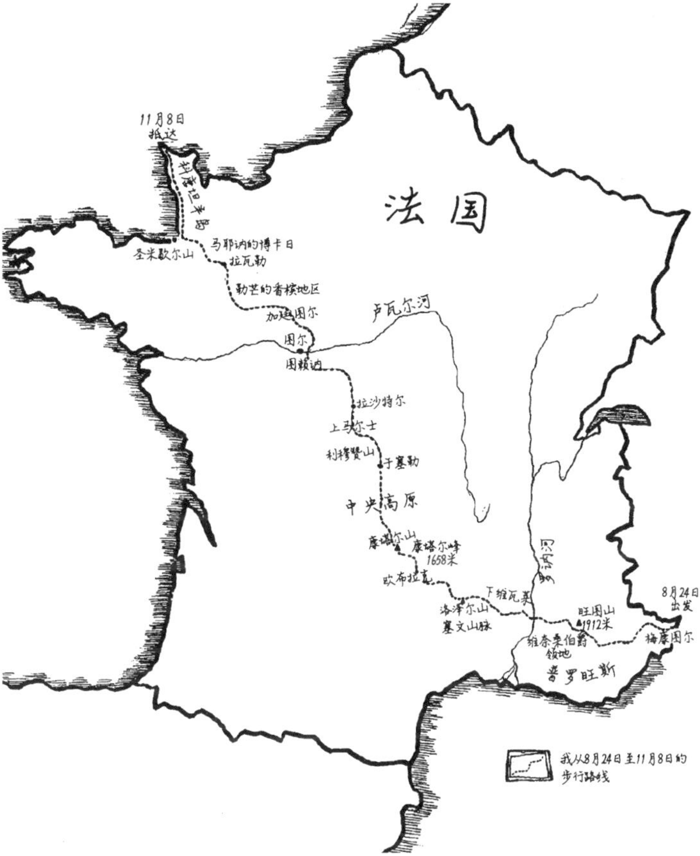
法国
11月8日
抵达
科唐坦半岛
圣米歇尔山
马耶讷的博卡日
拉瓦勒
勒芒的香槟地区
加建图尔
图尔
卢瓦尔河
图赖讷
拉沙特尔
上马尔士
利穆赞山
于塞勒
中央高原
康塔尔山
康塔尔峰
1658米
欧布拉克
下维瓦莱
洛泽尔山
塞文山脉
旺图山
1912米
维奈桑伯爵
领地
8月24日
出发
梅康图尔
普罗旺斯
我从8月24日至11月8日的
步行路线

我的步行路线

目　录

前　言

这是残酷的一年。长期以来，神灵眷顾着我们的家庭，全家人沐浴在神的温柔之中。或许他们像童话中的仙女一样向人俯下身来？然后，他们的微笑皱成一团，变成怪相。

我们对此一无所知，无拘无束地品尝着命运的友善。它无需我们付出任何感激之情，让我们无比轻率。生活像一幅博纳尔[①]的画。阳光洒在白色外套上，桌布上放着高脚盘，窗户朝向果园，孩子们从中经过，外面的苹果树沙沙作响：这是遭受当头一棒的理想背景。

它没有迟到。我的姐妹、外甥，大家都被中世纪传奇里渗入城墙的某种邪恶侵袭：一个暗影在小巷里潜行，直抵城市中心，占据城堡主塔。瘟疫进军。

母亲的死像她的生一样，违背了诺言；而我喝醉酒、做鬼脸时，从屋顶跌落。我从夜晚的边缘跌倒，重重地摔在地上。只需八米高，就砸碎了我的肋骨、脊椎、头颅。我摔在一堆骨头上。我将为这次跌落懊悔很久，因为在此之前，我所拥有的身体机器

---

① 皮埃尔·博纳尔(1867—1947)，法国艺术家，“纳比派”的创始人与代表画家。

允许我过热地生活。在我看来，高贵的生命就像西伯利亚卡车的控制面板：所有警报灯都闪着红光，但这台机器仍在一路狂奔，把任何一个横在路中央像傻瓜一样挥动手臂警示灾难到来的卡珊德拉①碾成碎片。“伟大的健康”②？它会引向灾祸。我在八米内年长了五十岁。

人们把我捡拾起来。我恢复生命。如果死了，我甚至不会获得恩典，在天国见到母亲。自从智人成为我们的模样，地球上已有一千多亿人出生。人们真的以为能在一个塞满小天使的嘈杂的永恒蚁穴中找到亲人？

医院里的一切都朝我微笑。法国医疗系统的绝妙之处在于从不让你承担责任。在由道德原则支配的古代社会，人们不该以同样的尊重照料酒鬼和真正的贫苦之人。大家完全没有指责我，而是救助我。尖端医学、护士的关心、亲人的爱、阅读朋克派的维庸③，这一切治愈了我。特别是有人每天来到我的床头，神圣得好似人类值得动物的忠诚。窗边的一棵树把它的热情快乐注入我体内。四个月后，我跷着脚来到户外，身体忍着痛，血管里流着别人的血，颅骨凹陷，腹部麻痹，肺部结疤，脊椎钉了螺丝，面容变形。生活不会再像爵士乐那样摇摆。

现在，我必须忠于在那些可悲的夜晚发下的誓言。我躺在床

---

① 卡珊德拉，希腊、罗马神话中的特洛伊公主，能预卜吉凶，但不被听信。

② 尼采的哲学概念之一。

③ 弗朗索瓦·维庸（约 1431—约 1463），中世纪法国诗人，贫民出身，品行乖张，多次入狱，两次被判死刑，最后下落不明。

上，穿着紧身褡，几乎高声地对自己说：“如果我能出去，就徒步穿越法国。”我看见自己走在石子路上！我梦见露营地，想象自己拖着流浪汉的步子拨着草而行。梦总在门开时消散：到吃果泥的时间了。

医生对我说过：“到了夏天，您可以在康复训练中心住一段时间。”我更愿意向道路寻求跑步机应该为我带来的东西：力量。

夏天来临，我和运气结算的时候到了。走路时，胡思乱想时，我会召唤对母亲的记忆。如果我在灌木林的路上走几个月，她的幽灵就会出现。不是随便什么路都走：我想从沿树篱边的隐藏的道路走，从林下的荆棘和连接荒废村庄的车辙走。只要看着地图，只要愿意绕弯、开路，仍有一条横向穿越的地理路线。在远离公路的地方，存在着一个荫翳的法国，不受喧闹打扰，免于“国土整治”对神秘感的污染。这是寂静、花楸树、仓鸮的乡村。医生以他们政府官员的词汇，建议进行“康复训练”。康复？那要从走路开始。

关于走遍乡村的理由，我能列举几十项。例如，唠叨半天我曾在二十年间从乌兰巴托到瓦尔帕莱索行走世界，而在安德尔—卢瓦尔省存在的情况下去了解撒马尔罕是件荒谬的事。但这次穿行田野逃离的真正原因，我把它写在一张皱巴巴的纸上，紧紧藏在包底。

第一章
糟糕的开始

火车上

为什么高速火车以这种速度运行？旅行速度这么快有什么用？让风景以时速三百公里飞逝，再花几个月重走一遍，多么荒唐！当速度驱走风景时，我想到我爱的人们，我所想的比我能对他们表达的感情更好。事实上，我宁愿想着他们，而不是接触他们。亲近的人总是想“见面”，好像这是绝对必要的，但思想能提供如此美好的亲密关系。

8 月 24 日，意大利边境

这是行走的第一天，从唐德火车站开始。从尼斯出发的火车把我带到这里。我迈着虚弱的步子攀登山口。金色的禾木扫过晚间的空气。这些屈膝礼是友谊的第一个意象，具有纯粹的美。经历过这些悲伤的月份以后，就连阳光中的飞蝇也显露了幸福的征兆。它们在淡金色中形成的阴影向孤独发出信号，或许组成了字迹。它们可能在对我们说“停止你们对自然界的全面战争吧”?

雪松站在路旁，显得十分严肃：它们的根紧围着路堤——树木常有一种确信自己理所当然的神气。一个牧羊人以比我更加大胆的步伐走下山来。他关节粗大，出现在转弯处，样子像吉奥诺①笔下的一个主人公。一个本地人。我呢，却总像一个外乡人。

“你好，去城里吗?”我说。

“不是。”他说。

“山上有羊群吗?”我说。

“没有。”

“你下山休息吗?”

“不是。”

我得摆脱这种喜欢攀谈的市民习性。

唐德山口标志着梅康图尔山区山脊线的一个凹谷，这条山脊线把意大利和法国隔开。我决定从那里开始，从法国的东南角走到科唐坦半岛北部。按照传统，俄罗斯人在出发旅行前要在椅子上、行李箱上、遇到的第一块石头上坐几秒钟，放空，想想自己离开了什么，焦虑自己有没有关上煤气、藏好尸

---

① 让·吉奥诺（1895—1970），法国作家。

体——我还知道什么？于是，我像俄国佬一样坐下，背靠一座木制小礼拜堂，那里有一尊圣母像面朝意大利的景色沉思。突然，我起身，出发。

在路堤上，我受伤的眼睛把母牛当成了在斜坡上滚动的圆石。密立黑色松树的山脊让我想起二十岁时见到的山丘，它们给中国云南的蓝天轧出花边。但我在黄昏的空气中把这些念头赶走。这些杂乱的类比堵塞了我的头脑。

我不是在佩索阿[①]《异教徒诗歌》的支配下发誓，要坚持几个月吗？

我说了植物："它是一株植物。"
我说了我自己："它是我。"
而我不再说。
还有什么东西去说呢？

哦，我怀疑"不安之人"佩索阿从未忠于他的计划。如何能够相信，他会满足于这个世界呢？人们写下这类宣言，然后背叛自己的理论，度过一生。在这几周的步行途中，我将试着以纯净的目光看待事物，不透过分析的面纱，也不经过记忆的

① 费尔南多·佩索阿（1888—1935），葡萄牙诗人与作家，认为"感觉即思考"，真实感情并不存在。

过滤。至此，我已经学会把自然和生物当作一张记录印象的纸页。现在我急需学着享受阳光而不召唤斯塔尔夫人[①]，享受风但不背诵荷尔德林，品尝新鲜葡萄酒却不会看见法斯塔夫[②]在杯底胡闹。简言之，像一只狗一样生活：它们品味着和平，垂着舌头，似乎将要吞下天空、森林、海洋，甚至降临的夜晚。当然，这一决心必将失败。欧洲人本性难移。

海拔两千米处，我在一座混凝土掩体旁发现一块草丛茂密的山肩。我点起火。木头潮湿，我拼命吹着火炭，导致被摔陷的头晕眩起来。热气把大蜘蛛逼了出来，我已经不害怕了，因为之前已经看过很多蜘蛛逃出我的视线。宿营布勉强保护我不受黑暗吐出的湿云侵袭。我有些惶恐，这是坠楼后第一次在露天过夜。土地再次迎接我——这一次没那么剧烈。我重回珍爱的花园：星空下的森林。空气凉爽，土地高低不平，地势倾斜。这是个好兆头。只要我们珍惜、期待户外的夜晚，当它们使徒步的一天圆满结束时，就该写入功劳簿。它们顶开盖子，膨胀梦想。没听见欧洲城市里的吵嚷越来越响吗？透透气！透透气！一年前躺在医院时，我梦想在枞木下伸展身体。现在，宿

① 斯塔尔夫人（1766—1817），法国女作家，浪漫主义文学的早期代表。
② 法斯塔夫，在莎士比亚的剧本《亨利四世》和《温莎的风流娘儿们》中被首次提到的艺术形象，已成了体型臃肿的牛皮大王和老饕的同义词。

营的时光回来了。

8月25日，鲁瓦亚河谷

这一晚很奇怪。大约从晚上十一点开始。第一声枪响回荡在两三百米外，然后是第二声，后来，爆炸声就没停过，每次间隔一分钟。有时间歇缩短至三十秒。谁在夜里射击？是一个怨恨黑暗的东正教疯长老吗？

我刚上路时心想，如果成功穿越法国，那将是一场救赎。如果不成功，我会把失败视为又一次跌落。病愈的前景如此遥远！像科唐坦半岛一样远！我把救赎放在行动之中。

早上，我瞥见山坳里有个羊圈。一个皮肤光滑、呈粉红色的女人在门口忙碌。她有着佛拉芒人①的大脸颊，露出二头肌。她从勃鲁盖尔②的画中走出，刚挤完奶回来。

“我昨晚听见枪声。”我说。

“是台燃气机，为了把狼赶跑。砰！砰！”她说。

“啊？”

“你想要点什么？”她说。

“有什么就要什么。”

---

① 佛拉芒人，比利时两个民族之一，多居住在比利时北部。

② 勃鲁盖尔（1525—1569），尼德兰画家，画作多反映农村生活、田园风景。

“牛奶奶酪。干奶酪。”

“来三百克。狼害怕吗?”

“谁知道呢?三欧元。”

情况还是变糟了。人类繁衍生息，包围世界，给土地浇上水泥，占领山谷，群居高原，杀死神灵，屠戮野兽。他们的一代代后人和食草的转基因畜群遍布大地。三十年前的一天，狼由意大利阿布鲁佐大区回到梅康图尔。一些有智慧的人想保护狼。牧人对此火冒三丈，因为有猛兽在，他们就得加强警戒。“狼的朋友倒是在城里暖暖和和地睡觉”，养牲畜的人抱怨。现在，高山牧场必须配备机器，模仿枪声，保护食草动物不受回家的猛兽侵害。如果我是狼，会这样想:“进步?笑话。”

8 月 26 日，走出梅康图尔

夜晚已经降临，我还拖着步子。至此，情况不妙。在石子路上走了三天，我的背已经要折了。“拽着这副破衣烂衫的身体到一个衰败国家的北方有什么益处?”我一边想，一边盯着两只转圈的岩羚羊，那是一位母亲和儿子站在乱石岩块当中。羡慕野兽的人多吗?在一块岩石后面，小羊窜到我的腿间。它犹豫了一两秒钟。18 世纪的原始岛屿上，野生动物会到早期探险者手里找东西吃，然后被一记火枪击中，庆祝与人相遇。小岩羚还是遵照有益的指令，掉头跑了，它也明白与我来往并不明智。

我穿过一股从苔藓间泻下的瀑布，沿一个绿湖边行走，再爬上山坡。我经过被史前精灵荒废的贝格山北坡，而在斜坡上读《漂泊的灵魂》① 最终让我气馁。赫尔曼·黑塞让他的流浪汉在秋季温和可爱的德国乡村游历。当然，善良的克努尔普最终独自死去，但在为自己的无责任美学付出沉重代价以前，他至少向村民展示了漂泊生活的高贵之处。如果我想漫不经心地走路，被善意围绕，那就需要了解森林小路的地理情况，还得不时地出现一座客栈，木头桌上放着冒泡的啤酒杯。

在哥伦布关口，菲奈斯特圣母小教堂在小山谷里出现。法国的圣母朝圣地有在岩洞里、泉水旁的，圣母玛利亚独占了所有奇特地形。我知道卡纳耶角山坡上甚至有位“悬崖圣母”。这是天主教信仰征服了古老异教之后，不与当地精神决裂的一种方式。

我到教堂穹顶下享受一点阴影。墙上挂着坠崖后得救的登山者的还愿物。拉住他们的是绳索，但他们愉快地相信上天的救助。入口左边竖着一座新立的石碑，纪念埃尔韦·古德尔，这位高山向导是韦叙比耶的孩子，去年在卡比利亚地区被极端

---

① 《漂泊的灵魂》是原籍德国的作家赫尔曼·黑塞（1877—1962）著名的“流浪汉体”小说，主人翁克努尔普是个和蔼的流浪汉。

分子斩首。病榻上的我曾被他的殉难经历纠缠。我想象这位登山者被囚禁起来，蒙上头套，献祭给教令。我感到与古德尔有一种兄弟情。今晚，对他的记忆突然浮现。

教堂的柱子上有一块牌子，提到圣殿骑士遭到斩首。是撒拉逊人的大作吗？10世纪时，他们蹂躏了普罗旺斯，摧毁了这同一地区的一座圣殿。

这天晚上，裹在睡袋里的我向古德尔致敬，直到思想蜕变为梦境。一头挂虑着其他事情的母牛哞哞叫，在高山牧场的夜晚唱出自己的安魂曲。

第二章
废墟与荆棘

8 月 27 日，韦叙比耶河和蒂内埃河

谷地延伸，路过村庄。上普罗旺斯地区的石灰岩路上滚石更多。在圣达尔马的一个晚上，我感到植入背部的钢筋吱嘎作响，突然想要个住处。哦，我多希望生活在能发生这类简单对话的时代：

“您能不能提供屋檐和一些稻草？”

“如果你帮忙收割草料，我们会给你面包和酒。”

但真的摔破了头才会幻想进行这样的对话。我们已经不在克努尔普的时代了，可怜的小子，当那位有着褐色长发的女士在门口对我说“我们很愿意向你收旅站的费用，但我们没有行政许可”时，我这样想。这几个月里，我必须发挥创造力，才能避免像这个国家一样屈从于行政法规。我能在这片领地上找到免受国土政策支配的自由区吗？

第五共和国一位淡出我们视野的总理（让-马克·艾罗[1]——

① 让-马克·艾罗，2012 年至 2014 年任法国总理。

阿纳托尔·法朗士[①]时期）在任时下令编写一份关于法国乡村国土整治的报告。文章在另一位总理（曼努埃尔·瓦尔斯[②]——奥芬巴赫[③]时期）治下以《超级乡村》为题发布。一组专家，即一些行家里手根据无法核实的资料判断，法国有三十多个省份属于"超级乡村"。对他们来说，乡村不是恩典，而是诅咒。报告悲叹这些地区的落后状况，没有数字化，路网不够发达，城市化程度不足，大型商业缺失，政府管理缺位。我们这些外人、可怜的浪漫流浪者视为人间天堂钥匙的东西——荒芜、封存、隔绝，在这些页面中被视为欠发达的范畴。

报告希望人们安心，作者都是自信的预言家："乡村公民们，鼓起勇气！我们来了。"很快，多亏了国家，现代性涌入休耕地。无线网络让乡巴佬恢复正常。未来的福楼拜在穿越这些土地时写的不是《经过田野和沙滩》，而是《经过优先城市化地区[④]和协议开发区[⑤]》。国土治理的受益者将造就优秀的士兵、可替换的人，提前预防报告中所称的"激进投票"。因为这才是

---

① 阿纳托尔·法朗士（1844—1924），法国作家、文学评论家、社会活动家。

② 曼努埃尔·瓦尔斯，2014 年至 2016 年任法国总理。

③ 雅克·奥芬巴赫（1819—1880），法国作曲家。

④ 法国在 1957 年出台了优先城市化地区（ZUP）政策，由国家建设部负责在全国划定 ZUP 区域，一般位于城市的边缘地区。

⑤ 20 世纪下半叶，法国以协议开发区制度（ZAC）作为工具，在各大城市针对衰败的传统街区和老工业区进行了大规模的更新改造。

他们内心的想法：保证这群讨厌的人心理一致。

在报告提出的一套措施中，我们可以读到例如“高效实验永久化的权利”、必须“实施负担均衡现代化，鼓励新型契约合同”等字眼。这是什么奇怪的语言？写出这样句子的作者吃什么过活？他们懂得在喝一大口萨瓦葡萄酒后用外套衬里擦嘴的乐趣、在草丛中望着鸟的剪影装点天空的愉悦吗？

报告中穿插着地图。政府准备冲去救助（“国家智慧服务于超级乡村”，这些游吟诗人说！）的超级乡村省份占据了一大片黑色区域。它斜穿过南阿尔卑斯山，向孚日山脉和阿登森林迈进，几乎囊括整个中央高原和上卢瓦尔省邻近的许多省份。我在几星期后了解到：这片领土从梅康图尔延伸至洛泽尔省，就是狼回到法国后行走的路线。动物可没疯！它把安宁放在德行的首位。狼不仅不攻击人，还一心想避开人。

在医院时，我被绑在“受刑椅”上，盯着这些地图，很容易就设想出一条路线。“自然喜欢躲藏起来。”赫拉克利特[①]在第一百二十三个片段中讲授，保持了一贯的晦涩。像未完工的生命一样，我偏好隐蔽的角落。“超级乡村”是我的机会。我把报告中的一幅地图紧贴着心房，像珍藏未婚妻的照片一样。地图预示着逃离的希望。我的路线并不描摹整个超级乡村区域。

---

① 赫拉克利特（约前540—约前480与470之间），古希腊哲学家，著有《论自然》一书，现有仅存130余条断片，文章隐晦难懂。

脱离中央高原后，我将偏向西北，前往拉芒什海峡。我将止步于拉阿格的悬崖，陆地在那里浸入海中，人要么转身回头，要么伸开双臂纵身一跃。我总觉得悬崖是美好的边界。

我做了摘要，定下目标：寻找荒地和休耕地。我有了路线和国家研究报告提供的地图。我知道如何行走，因为我坚信步行是一种万能药，将成为我再次成功的钥匙。简言之，我从没进行过如此规划有序的旅行。

玛丽村在高处俯视蒂内埃河，稳居山嘴。玛丽是我母亲的名字，我很高兴地想到，她的灵魂曾在此停留。

洗衣池边有个老太太。她是不是在河水倒影中凝视着岁月的摧残？

“我是德黛特，八十岁了，我在这里出生。我住在这儿，留在这儿！”

我警告自己别告诉她，超级乡村报告所谈的是一个“移动、联通、现代的”法国。“永别了，德黛特！”政府里的法国国家行政学院毕业生说。

我沿着栖在蒂内埃河右岸的一条路向瓦河走去。这是过去赶骡子从尼斯到巴斯洛内特的崎岖山路。现在没有骡子在这儿小跑了，剩下的是一个民族的幽灵之影，他们用了一个世纪赢得谷地，在身后留下一片荆棘。

更远处的克朗正在举办乡村节日，广场上搭着帐篷，人声喧哗。村民没有扯着被茴香酒浸润的嗓子吼着歌，捏一把牧羊女，而是组织了一个“星球大战日”。我挺喜欢看这些先生装扮成黑武士在悬铃木下嬉戏玩耍。然后我就溜走了，毕竟，我从意大利边境一路走到蒂内埃河可不是为了观看机器人游行。曲折的小路通往河流，在山坡上划出一道欢乐的闪电。普罗旺斯的小径看起来像逃亡的蛇。

8 月 30 日，**瓦河上河谷**

我在中午抵达瓦河河岸，从浅滩涉水而过，水位及腰。我在对面的灌木中搜寻一条上山的道，却在已分辨不出土阶的斜坡上迷了路。我找到了一条走兽回窝的小径，是一条不起眼的小径，在道路分类中算是最微不足道、最神秘的，也是行人万不得已的选择。荆棘合拢起来，我又走到河岸的鹅卵石上。到这天晚上，我在酷暑中步行十小时后，已经走了十二公里。我从哪儿得来对苦行的爱好？或许是因为在它结束时获得的快乐。

在此类不安情绪显露时，我又看到了一年前的自己，从医院的一个科室搬到另一个科室，一具支离破碎的躯体，插满管子。然后，我记起当我独自在房间外迈出一步时感受的第一次战栗。我一直走到走廊尽头，感觉像是从惠林珀小道登上了韦尔特山。黑霾消散。俄罗斯醉汉一边碰杯，一边断言“明天比今天更糟”。我曾在很长一段时间内赞成这个观点。坠楼以后，我的信念反转过来：一切都会变好。

眼下，我在种着乱糟糟的金雀花的山坡上奋斗。穿越荒地给了我们一个消失的机会，那是一种高贵的幻想。翻乱轮伐留下的幼树，徜徉溪涧，在沙洲上行走，逃避一切。

坠楼把我钉在目光之下。朋友、医生、亲人、行政机关、专家——人人都慷慨自荐前来监督我。甚至有个癖嗜学家负责让我重上正轨。我对他的印象是知道了自己的被禁时间（禁止像我打算的那样愚蠢地生活）。我感谢他，但向他坦承，害怕自己喜欢上他的纪律。一旦出院，普遍化的监管翻倍。我们的普通生活展示在屏幕上，简化为统计数字，在网络管道里冻干，栖身于塑料卡的电子芯片。我们生来是为了提供文件内容的吗？

我在瓦河河谷的荆棘里挣扎，腿当然是划破了，但这也提供了一个机会，让我走出监管生命的光电束。天眼不会再盯住我。逃跑具有双重功效：治愈和遗忘。

然而，只差几百万分之一米的距离，如果我残疾了，就会被剥夺这些恩典。我不认同基督教的思想，不把考验视为上天的礼物，所以可能感到痛苦。我的轮椅生活可能简化为找一把九毫米口径的手枪塞进嘴里。夺回腿部功能后，我不能灰心丧气了。我又恢复了移动的自由，重又获得了一受到约束、一接到请求或督促（更糟糕的是电话铃一响）就匆匆逃跑的权利。贝尔纳诺斯[①]在《法国人，如果你们知道……》开头不无直觉地写道：“世界上的自由不多了，这已是共识，但仍有空间存在。”

空间！它把自己的奥秘送给愿意跪拜地图并与其力量相通的人。我会强迫性地在这里的石灰质山脊和之后的花岗岩石基上摊开国家地理林业信息研究所的页张。这些参谋部地图是奇迹，人们很高兴能拥有国家的这样一张封皮。我的包里现在就带着十张，这能把我一直带往旺图山。地图揭示了城堡中心不为人知的侧道、暗门、逃跑的暗梯。每当看到这些比例尺为一比两万五千的图示，我就不由得自问，在我指尖的这条孤单小径尽头，画着螺纹的山坡上，在策划着什么。绘在荒原中央的这座房子里住的是谁？食人魔？脱逃的苏联人？年老的舞女？地图是我们梦想的通行证。

这些星形线条和标出点的线是乡间小道、地籍规定的放牧路线、林业管理入口、林缘据点、缺乏养护的古代道路，有时是私人道路，通常留给野兽出没。整幅地图以这些动脉装饰。这些就是我的“幽暗小径”。它们朝向空隙，被遗忘，只有寂静环绕，一个人都遇不到，有时你一走过，荆棘就合拢了。有些人渴望进入历史，我们这几个则更希望在地理中消失。

---

① 乔治·贝尔纳诺斯（1888—1948），法国小说家、评论家。

作为秘密通道，幽暗的小径描绘了步行者法国的记忆，一个古老乡村国度的网络。它们不属于徒步路线的地理范畴，运动爱好者和地方民选官员在那些设有路标、标牌的道路上跑步。即便就在居民点附近，一比两万五千的地图也能提供出路：高地、斜坡、小巷。处处都有残余的阴影，小径一直伸进城区中心。如果说狐狸和白鼬能通过沟渠和护墙进入欧洲城市中心的话，我们也能在一些看不见的线上维持均衡之势。把这些路连接起来穿越国土会减慢我的前进速度，但也有一些优势：无需忍受城市周边的干道，避免遭受柏油马路的炙烤。

20 世纪 80 年代，普罗旺斯作家勒内·弗瑞尼在出版的一本小说里描写了军方在欧洲的道路上追捕一名逃兵的历程。这本书给人触电般的感觉，题为《幽暗的小径》。我从出发以来就在国家地理林业信息研究所的地图上挣扎，以开辟一条隐姓埋名出行的曲线。我不是越狱逃跑，但我预感这些小路上吹拂着自由的空气。第一个考验是在残余的乡村碎片里制定出这样一条路线。丈量土地比我想象得更难，必须长时间详解地图以划定路线，最终让眼睛疲惫不堪。

一个梦想纠缠着我。我想象着成立一个命名为“幽暗小径兄弟会”的运动。“幽暗小径”不满足于绘制一个穿越网络，还能确定我们借以脱离时代的心理路线。它们被画在地图上，在土地上蛇行，也在我们身上延伸，组成一幅疏离的精神地图。

并不是蔑视世界，也不是自负地想改变它。不！只需与它毫无共同之处。在我看来，回避是力量与优雅的结合，组织协调一次撤退刻不容缓。这种隐匿生存的规则可以简化为一些对细枝末节的强制要求：不因现实的颠簸而战栗，克制怒火，选择拿起武器，选择自己的喜好和厌恶，留在书本组成的墙壁、树篱、朋友的饭桌之间，回忆亲爱的死者，被家人环绕，救助那些认识了面容而不只是统计数字中存在的生命体。总之，掉头改变方向。更妙的是：消失！伊壁鸠鲁在一句箴言中说“隐匿你的生命”（这个示例不大成功，因为人们在他去世两千年后还记得他）。这也是他为幽暗小径提供的一条箴言。

侧道上将出现大队人马，因为很多人都变得对虚拟幻象过敏。这个时代的督促要求让我们疲倦：“请享用！多保重！注意安全！保持联系！”① 我们对城市的闪烁感到恶心。如果用鞋跟踩碎我们高科技生活的灰白屏幕，就会开启一条幽暗的小径，一条穿过装置② 的隧道微光。这一切并不形成一份政治纲领，而是一张请你离开的请柬。我觉得生活是“逃避”的代名词。拿破仑在渡过别列津纳河后回巴黎的雪车上对科兰库尔将军说：“有两种人，一种人指挥，另一种人服从。”我对帝国产生狂热兴趣时，甚至在泡澡时也戴着双角帽。那时我认为这句话是斩

---

① 原文为英语。

② 1942 年出生的意大利哲学家阿甘本提出的哲学概念。

钉截铁的。今天，我在瓦河的沙洲拧干袜子时想，皇帝忘了第三支纵队：逃避的人。“陛下！”如果我认识他的话，会对他说，“逃避，就是指挥！至少是在指挥命运，使自己摆脱它的控制。”

第二天，过了昂特勒沃，我就要爬上高原。在高处，一切会很顺利。我必须待在地形的刀刃上。在一条线上的感觉更好，我们轻盈地前进，天空和蔼可亲，但在前行时，任何一丁点丢失高差的感觉都可能像是无法愈合的伤口。

晚上，又渡过了瓦河——这一次是从桥上过。我了解到，这项工程“2006 年由 E 先生奠基”。幽暗小径的另一个高贵之处是：没有人会在此处留名。

8 月 31 日，经由韦尔东地区

来到适合呼吸的高度，大跨步前进。我用了三天时间穿过瓦河和韦尔东河之间患了厌食症的圆丘，抵达瓦朗索勒高原。

我路过卡斯特拉讷，走近穆斯捷，晚上在选中的一棵树下宿营，都是冬青或松树。它们为我提供树荫、陪伴，必要时还成为雨伞。脊椎里的钉子迫使我必须侧躺。充气床垫能解除一些痛苦，但只要一接触地面，我就懊恼地怀念起医院舒适的床位。睡意迟迟不来，树木颤抖，但不是出于恐惧。那是不安的颤抖，它们似乎害怕阴影突进，担心阳光是否会回归。我想起阿特拉斯山脉柏柏尔人的土地。那些人在阿拉伯人的围困下被迫撤进高山。当时，为了区分游牧者和定居者，他们创造了一种奢华的语言表达：前者被称为“阳光之子”，他们的皮肤被阳光灼烤，被风沙吹得坚硬，他们在天空下睡眠；后者是“阴影之子”，因为他们住在屋顶的庇荫下，噩梦从来逃不出房屋。我在树木的裙摆下度过的夜晚是阳光的夜晚。

在宿营起床的时刻，日出的光束照在身上时感到的快乐可与热水澡的头几秒钟相媲美。这片地区全是被几个世纪放牧啃得光秃秃的高山牧场。有穿着戈尔特斯面料衣服的徒步者路过。远处，带荧光的花瓣在风中碰撞，还剩下几只蚱蜢，有猛禽在空中缓慢地盘旋，见证着神秘的生命。这些胡兀鹫像赛尔乔·莱翁内电影中的秃鹫一样绘着光环，这是有道理的，因为我们的世界几乎已经死亡。它们一定把这当成了一具野牛骨架。

还有群集的蜥蜴扭动前行。只要有一丁点警报，它们就在石缝中逃窜。它们的祖先曾是地球的主宰。蜥蜴类曾统治生命，然后在白垩纪末期突然灭绝。这些阴影的小卫士是远古地球的主人的继承人。它们有着不安的神色、严厉的眼睛、高傲的姿态、龙的背脊，似乎还记得往事。它们蜷缩在角落时应该会说：“啊，六千五百万年前，当我们统治地球时……”我们这些人是否也将经历相同的命运？我们现在带头领舞，支配生命链，操纵原子，修改基因，重新谱写最初的诗篇。但未来呢？强大不足以持久，蜥蜴提醒着我们。或许我们也将离开舞台前台？那时，我们当中的一些人将拖着退化的身体，在阴影中偷生，回忆光辉时刻。

我向途经的废墟致敬，不忘参观一番。通常是一座骑士团封地的遗迹，矗立在平台高处。它曾主宰一个乡土社会的命运，但二战结束后吹响了向山下移居的号角，只有断壁残垣树立在荒草丛中。这些场所引人入胜。每一面倒塌的墙都可让人驻留。这些隐秘区域是由桑葚果闸门守护的珍宝。一段寂静时光的价值相当于一座王国。地理学家发明了一种了不起的表达法，用于描述普罗旺斯山村被废弃的现象。他们称之为“下山居住”。该运动始于第一次工业革命期间，随后发生了 1914 年农村人口损失以及 20 世纪的全国工业化。二战以后，石灰岩高原的人口迅速流失。“黄金三十年”① 把农民吸引下山坡，走向平原。有些人选择了城市。人们向往的是生存不那么费力，道路的碎石少一些。生活变得舒适，孩子不那么邋遢。吉奥诺以小说的雅致想象了一座小村庄的复活再生，但大部分情况下，村民已经撤离，就像一个排的士兵在敌人反扑时撤退一样。当山区开始现代化时，人就像水

① “黄金三十年”是指二战结束后法国在 1945 年至 1975 年这段时间的历史。

帘一样淌走。患上阿兹海默症的河谷甚至不记得山区也曾有过生命的回响。能想到赶骡子的人曾在这些斜坡上吆喝吗？过往并没有回声。半个世纪内，人类体系（城市、国家、社会、企业）的加速度发展和过度膨胀在山谷里建立了一章新的曲谱。“体量问题”和“速度问题”是21世纪世界的新基础。躁动和肥胖从来都不是什么好消息，但如果认为流动是生命的唯一法则，历史毫无意义，我们被幽灵列车运载而去，刹车或改向全都无望，那么令人安慰的是：我们能借助于小径找到出口，只需再次上路，遇上野兽时向它们致敬即可。

于是我在寂静中游荡，从废弃农场中倒塌的牲口棚，到已被植物吞噬的小路。“废墟和荆棘”：关于普罗旺斯山区的大部头专著可以以此为题。没人会在茅屋里哭泣，因为茅屋已不存在。

在地图上叫做莫莱尔的一片农业区上方，我躺在草丛中注视着石灰岩层。它们波动起伏，似乎在抽搐。这种风景并不奇怪，我在世界各地都见过，但有时它们看起来像喝醉了酒。它被褶皱的痉挛所折磨，变得疯狂。地质构造是景观的鸦片。

我在高原上已经品尝到这种干燥的醉酒陈年的汁液。石灰岩露出地面，在太阳的火炉中烘烤。它庇护着植物，而后者是生存的专家，是无名女英雄的花束。

我的快乐源自力量的回归。痊愈近乎于一个植物进程：健康像植物纤维一样分布在机体内，蔓生，扩张。我要注意的是让它自我伸展，同时低调享受步行时适度发力的乐趣。回归步行的日常提供了一种低密度的愉悦，几乎无法概述：探寻山中的生命痕迹或凹陷处的漂亮缺口，看见一座农舍或罗马式教堂的礼拜堂。一只夜鹰在我眼前回巢，那是永恒的意象。如果金色田野中一棵橡树的景象引得我深情致敬，我就在本子上草草写下几行。它报以树枝的拍动。行走如同垂钓：时间流逝，突然感到一丝触动，或许是鱼上钩了？是一个想法咬钩了！夜晚入睡时，魔法灯笼的画面在我的眼皮后走马灯似的流动。这是一种简化的生活吗？是的，但简化到它最精简的表达，或许是最美的。挑战在于延长这种温和压力的存在。

世界和我之间只隔着温热的空气、几阵风、几蓬乱草、一头野兽的影子。但没有屏幕！没有任何信息，没有苦涩，没有愤怒。我的撤退战略把青春之泉散布在我的纤维之中。

从幽暗的小道行走、寻找荆棘后的空地是逃脱装置的方法。我的城市生活中运转着一种危险的强拉入伍行动：汗津津的监视，因懒惰而接受组编。尽管我有所抵抗，新技术仍然侵入我的生存领域。不能上当受骗，它们不仅仅是旨在简化生活的简单革新，而是生活的替代品。它们提供的并非一系列可爱的新事物，而是改变我们在地球上的存在。“如果以为人们能正当使用它，那就太天真了。”意大利哲学家乔治·阿甘本[①]在一本表达厌恶之情的宣言小册子中写道。它们重新塑造人类的心灵，责罚人们的行为。它们已经支配语言，向思想注射β-受体阻滞药。这些机器有自己的生命。对人类而言，它们代表着一场革命，与四百万年前新皮质诞生同样重要。它们会改良物种吗？能把我们变得更自由、更可爱吗？通过屏幕传输的生活会更优雅吗？不确定。我们甚至可能正在失去对自己生命的权力。阿甘本还说，我们成为“人类历史上从未出现过的最驯良、最顺从的社会体”。走上幽暗的小路意味着在城墙上打开一个缺口。我既不具备破坏分子的暴力，也没有煽动者的自恋，所以宁愿逃避。坐在草地上、小雪茄烟圈里的我至少有权力忘记屏幕，通过从耧斗菜上空飞过的秃鹫自我催眠。

我度过高原上的最后一夜，从两座高峰之间的溪谷下山，走向穆斯捷。下山途中，梨树林下的一块路牌证明了行政机关多么像母亲一样无微不至地关怀国民：“不保证这条路线能够通行。”新生儿一出生就应该对他们宣读这句话！在穆斯捷，按照紧贴悬崖的安特罗什小教堂的命令，我喝了双份清咖，眼光落到一张《普罗旺斯日报》上。哦！标题都多么悲伤啊！我屠

① 《什么是装置?》，帕约出版社，2007年。——原注

杀伊拉克的琐罗亚斯德教教徒，摧毁一座希腊神庙，向有鲸鱼奇特跳跃搅动的蓝色深海里倾倒石油。人缺乏风度。进化出了一个教养不良的生物，世界处于不可思议的混乱状态。穆斯捷在劳尔·杜飞[①]绘画风格的清晨光线中醒来：轻快，身着便装。如果说我们能从这整体混沌的感觉中吸取一个教训的话，那就是：一个本地村庄是混乱地球村的缩小版！

"您有火吗？"我对身旁一个吸烟的家伙说。他有着意大利人的神气，衣着无可挑剔。

"能用您的报纸交换吗？"他说。

"那您吃亏了，"我说，"暴力赢了。"

"不对。"他把打火机递给我，说，"暴力不会赢。"

"您没读报纸吗？"

"读了！过去我们不谈暴力。我打过架。一个朋友在酒吧挨了一刀，我开着捷豹送他去医院。他的血弄脏了座椅，这个蠢货。"

9月3日，瓦朗索勒高原上

在皮穆瓦松，我睡在洗衣场的树荫下。没有什么比一丝水流声渗入更有助于睡眠了。醒来时，一位妇人在扶着一个醉汉走

---

① 劳尔·杜飞（1877—1953），法国野兽派画家，擅长风景和静物画。

路，可能在回家。这副图景魅力无穷——如此具有俄罗斯风情。

我借道瓦朗索勒高原，向吕尔山走去。我在矗立着树木和石头屋的精细梳理过的田野里走了很久。我向石灰岩高山的奥秘告别，但将在更远处、西北方向的吕尔山上再见面。在这两座高地之间，我得穿过一片薰衣草花园，从自己身上重拾欢乐。为此只有一种解决方法：骚扰野兽。

高原上吹着晚风，刺激人的神经，散发着冒险的气味。

荆棘和灌木篱为我提供了口粮：桑葚、梨子、无花果。流浪者饱餐一顿并不难，只要伸出手。这些果子从没人采摘。漂亮的黑黄相间的蜘蛛——金蛛，是警卫保障。拾落穗的时代已经过去了。首先，路上步行的人不多了。另外，食品店里用集装箱运来的中国果酱也不贵。当进出口能带来想要的东西时，为何还去冒手被刺破的风险呢？对这些灌木的浪费与每桶石油价格降到三十美元有关系，我一边用汁水染蓝嘴巴，一边思忖。在瓦朗索勒和奥赖松之间，马诺斯克附近运河边上，我从一个茨冈人①营地前面走过。几个戴头巾的女人沉默地看着我，旁边还有小孩把拳头放进嘴里。营地附近的灌木丛被摘得光秃秃。罗姆人知道珍宝的价值。

我向她们打招呼，她们没有回应。这些流浪的吉卜赛人

① 茨冈人，俄罗斯文献中对吉卜赛人的称呼，自称“罗姆”人。

待在水流边缘，我对他们几乎有点钦佩。也就是说，在21世纪的法国，还有些人生活在紧急停车带上。我不会以生命中的任何东西来换取在旅行者的大篷车里喝荨麻汤，但他们在自己的领域内保持距离的艺术方面表现出某种才能。我期待这场漫游能送给我一份礼物，即遇见以下人群的成员：僧侣、童子军、极左分子、可怜的流浪者、拾果子的人、找蘑菇的人、逃出疯人院的傻子——乃至行路的诗人，谁知道呢？这是一个自主移动而非随波逐流的团体。这些行走的生命不属于同一类别，但如果相互接近可能更好。或许他们有事情要互相托付，森林将提供聚会的适合场所。地理学家把森林小路在树下交汇的路口称为“星形地带”。我在星形地带会遇见谁？

世界变成淡紫色。瓦朗索勒是一片薰衣草高原吗？不是，它是一片练兵场！那是一行行、一列列军人。马来西亚的橡胶树密集种植园也具有同样的秩序感。在这里，农民的画笔产出了一幅光滑无比的油画，刷出了长长的丙烯酸涂层条，赢利的前景也诞生于此。土地以水泥固定，用化学品洗刷，按照香水和蜂蜜产业的要求驯化。与昆虫的斗争已经胜利。这里安静得像个停车场。空气中没有一丝嗡嗡声。

而我在这些微蓝的沟槽里闯荡，还带着愚蠢巴黎人的想法，赞美昆虫。生产商会对此发出冷笑，尽管已经使用了几十年凝固汽油弹，他们依然害怕小型蝉啃食苗木。

9 月 4 日，迪朗斯河右岸

我能成功沿着幽暗小径的方向吗？这是个挑战，因为得首先抵达我这条对角线的终点，才能知道是否选对了路。我在河堤上走了四小时，来到奥赖松①。一个阴郁的地方。遇到的地名好像双关语，是我的错吗？小屋、棚房、公路从铭牌组成的森林中探出头来：这就是城市周围的统治区。我此前一直藏身于荆棘丛中，避开这种地理形势。市镇入口的指示牌严正标明了它几十年来遭受的命运："乡间城市"。幽暗小径在这里停顿，进入装置的范围。我承认被打败，从公路回到这个区域。

"黄金三十年"诞生了一种新的风貌，重新分配了地籍地图，重新编排了人与大地的对话。十天来，我在柏油马路的偏锋游走，感知了这种重排的写就过程。有一种乡村性已经死去。我们在高原的废墟中找到它的记忆。羊群被关在谷地里，牧场被徒步者包围，高山小路不再用于夏季进山放牧，已经还给蝰蛇。幽暗小径在这些遗弃的高原上奔跑。

---

① 法语中意为"祈祷"。

第二种乡村性依然活跃。它顽强，生气勃勃，有补贴输血。还剩多少传统农民？五十万？这些勤劳的人仍在坚持着，奋斗着。他们紧张地耕种，以供养摩洛神①。瓦朗索勒的薰衣草、博斯的小麦和殉难的鸡是这种技术型农业的产物。在 20 世纪 60 年代，欧洲经济共同体委员颁布法令，规定农业和其他产业一样，养牛和制造橡胶鞋底要遵守同样的法律。统一的农业政策促使经营者加紧生产。农民听从邪恶精灵，纷纷负债，扩大农场面积，购买机器和掺假的种子。产量激增，牛排降价；这如同化学反应，光荣无比，吉斯卡②已经让他的法国为未来做好准备。这种农业分娩出一种像铺砌广场一样的人工风貌。树篱、灌木、荒地、沼泽、山坡让位给赢利的大片草原，遍布拖拉机库房。突然，繁荣的盛景衰落，全球化打开了弗兰肯斯坦式的市场。集装箱船运来全世界的廉价产品。布鲁塞尔不再那么慷慨。农民的好日子到头了，他们又变回了乡巴佬。乡村像个病恹恹的老太太，躺在法国的床榻上。

第三种乡村性粉墨登场。城里人意识到，没有出路的生活比没有暖气更糟糕。新农村人总结了离开永恒之地的代价后，来到乡间。他们编排了这场回归，发挥了想象力。从 20 世纪 70

① 摩洛，一位上古近东神明的名号，与火祭儿童有关。

② 吉斯卡·德斯坦，1974 年至 1981 年任法国总统，因主持起草《欧盟宪法条约》，被誉为“欧盟宪法之父”。

年代开始，他们被政治争议、经济危机，或最近的数字化、非实物化所推动，返回田野，逆流而上，是历史大潮中的鲑鱼。有些人满足于翻修破旧的房屋，还有一些人接待来客，共享由他们的农夫同行产出的一顿“传统”餐饭。厌倦了蒙蒙细雨洒落砖墙的英国人和比利时人也拥入这些地区。他们收购古老的养蚕场，把百叶窗重新刷成淡紫色，纳闷为什么有人更喜欢透纳而非塞尚。我穿过的几个村子将使人们对乡村那博物馆般的记忆永远流传。穆斯捷、卡斯特拉讷，都是小册子上印的村庄，似乎由旅游局指挥管理。橄榄油商旁边是“马里尤斯餐馆”，有些摩托车手把哈雷摩托车停在悬铃木下，在修葺一新却空空荡荡的教堂前呷着仿造的苦艾酒。这是“薰衣草和蝉”的乡村。如果在布列塔尼，会被叫做“薄饼和风笛”。在安德尔—卢瓦尔省要难一些，因为这些地方得有独特个性，宣传人员才能在象征物的搭配协调上做文章。

乡村性又呈现出第四副面孔。五十年来，一支后备军奋起拯救被虐待的土地。在20世纪60年代，有些先锋派农民开始拒绝把农业视为一场公开战争。他们不想用美式航空方法种植作物。今天，近七万人按照“生态农业”的标牌生产。很容易发现其中的可笑之处：他们采用旧时的老式农业方式，却称之为“创新”，或把极其技术化的做法定性为“传统”方法。但这是一项美好的事业，成果显著，他们的努力正慢慢占领阵地。

目前正在生产的三万个生态农场占全国耕地的百分之五。这种乡村性的风光很容易辨认：田地不像水泥板，牲畜也不像一群苦役犯。

我从迪朗斯河上的一座桥离开奥赖松，从橄榄树间向吕尔村攀爬，在一处平台上桑树斑驳的阴影下一口气喝完一瓶糖浆。医学科学院禁止我再沾酒精。过去数年中，我为了生命而饮酒，把记忆的篷车淹没在伏特加的浅滩。现在都结束了！魔法水龙头关上了。我在超额柜台付清了昂贵的债务。不能再让我唤醒魔鬼，所以我必须忘记醉鬼的恩典：在脑壳里举办嘉年华。今晚，尽管天空五彩斑斓，正适合干掉一瓶普罗旺斯葡萄酒，我却满足于一个小玻璃瓶。风景同旧时一样。下方是迪朗斯河水。河岸发出隆隆的声响，生气十足，高速公路画出条纹，厂棚库房点缀其间。这边的高处栖息着一个对帕尼奥尔[①]的读者而言如同博物馆的村庄。那里没有一个农民，只有英国太太们。她们戴着草帽散步，因阳光而狂喜。两者之间的山坡上是无人的林子，蔓延着常春藤。那里有某种东西，有一条幽暗的小径通往某处。它可能导向一座废墟，一个牲口棚，一片林中空地。这将是个良好的开端，是当下的一条缝隙。

我下山朝二十米长的罗马桥进发，通往加纳戈比耶修道院

① 马塞尔·帕尼奥尔（1895—1974），法国小说家、剧作家。

的路从那里开始。在此地桥拱的阴影下，两千年前曾有水神汩汩游动。后来，基督教的神把他们赶进岩洞。这和蜥蜴的历史一样：时代更迭，主宰变换，一时的统治者退回到自己的藏身之处，神灵更替，新的庙宇树立在旧庙的地基上。乡村也经历了这样的命运，农民更换了职业。我们不用为这种斗牛舞悲伤，应该接受告别，登上高坡。

9 月 5 日，走向吕尔山

在加纳戈比耶修道院度过的一夜很有帮助。僧侣赐给我的单人小室比土毯舒服。和我想象的一样，穹顶下的晚祷起到了鸦片的效果——我尝过这种黑膏，但没抽过烟筒。石灰岩从 12 世纪开始吸收这些歌唱，它们会不会因震颤而闪烁？身着黑衣的人们保留着他们的习惯和姿态，重复同样的字眼，在河流中纹丝不动。山下的谷地里，现代人在颤动。这里的全体人员还在继续表达自己的焦虑。我的钦佩之情夹杂着惊愕，因为这诞生于教条的仪式透露出不知所措的惊惶。为什么我的眼前掠过席里柯《梅杜莎之筏》中海难者的形象？我听到的是祈祷还是哀求？我怀疑在罗马式拱顶下响起的一声声“拯救我们吧！”呼唤的是灵魂的诱惑。我不禁觉得这不恰当，因为人类并未受到威胁。到 2050 年，地球人口将达六十亿。如果我听到森林里的野兽、河流呼救，才会把它们的请求当真。

午后，僧侣组织了一场关于宗教间对话的圆桌论坛。他们邀请了一位拉比和阿尔及尔主教共进午餐。我们坐在空地上种植的桑树下面。这是一段美妙的时光。迪朗斯河在淤泥的金光中解开它的饰带。拉比被他的禁卫军环绕，他们都是彪形大汉，剃着光头，穿着合身西装，入座时露出格洛克手枪。这场宗教间对话实际上开始得很糟糕。我在午饭后就离开了，虽然对僧侣满怀感激，却愉快地把美景、永恒和神经官能症丢在背后。

我在修道院赚了二十欧元。一位老妇人因为怜悯我扭曲的脸，塞过来一张纸币："您想给谁做弥撒，就去做一场吧。"我想到我的母亲，她绝不会提出这些要求。我那摔碎的脸还是第一次激起这样的同情。事故使我面部瘫痪，这副怪相把街上的孩童吓呆了，就连狗都奇怪地盯着我。我的嘴撇着，歪倒在一边，鼻子歪斜，右颊深陷，眼球突出。总之是个怪胎。文艺复兴和 17 世纪古典主义重新唤醒的古代审美让我痛苦，因为它以对称为标准。直到 20 世纪初的立体主义解构才修正了平衡的绝对要求。毕加索的自画像安慰了我这样面部瘫痪的家伙。对我们而言，这些肖像意味着生活能够适应丑。如果我生活在中世纪，在博施①的梦境中，我的丑陋就不会引人注意。

我重新走进黏土质溪谷，清澈的小池和山坡裂口不时地出

① 希罗尼穆斯·博施（1452—1516），荷兰画家，多数画作描绘罪恶与人类道德的沉沦。

现。溪流搔伤地面，冬青的根系阻止了土壤流失。我坠地后一只耳朵失聪，常常失去平衡。倚靠着登山杖的我怀念着还拥有全部感官的时光。嗅觉也丧失了一半，闻不到普罗旺斯的全部气息、岩蔷薇的辛辣和石灰岩的热量，也就是光亮的气味。太阳把蒸汽吐在树木上。塞尚把画中的普罗旺斯染上蓝色光晕，功劳不在于他。

已经荒废的蒙特洛村栖居在朽化的石灰岩山嘴上，吕尔山的庞大身躯在北边出现，遮掩了天际。森林的暗礁拦住通往北方谷地的道路。在把睡袋扔进冬青树丛以前，双腿疲乏的我在林边躺下，用黄杨烟斗抽了一小时荷兰烟。钟声敲响，吕尔山的巨块融入暮色。在 21 世纪的这个年份，能像 18 世纪田园画中的一个小人物一样无所事事地度过一小时，我感觉很好。

9 月 6 日

吕尔山提供了前往旺图山地区的通道。只需爬到山顶，沿山脊一直向西走。

已经变成棕红色的山毛榉林宣布山顶到来。画着圆圈的白色树干和倒伏在别的树上而缠绕的树杈让山毛榉树看上去像是德国奇幻小说的背景。这是能庇护菲斯利①的怪物、蒙克②的圣

① 约翰·亨利希·菲斯利（1741—1825），德国—瑞士裔的英国画家。
② 爱德华·蒙克（1863—1944），挪威表现主义画家、版画家。

母像、库宾[①]的梦魇、奥托·迪克斯[②]的骷髅的森林。如果艺术图册没那么重，他们的作品应能挂在铜色的树叶上供我观赏。

吕尔圣母院是一座森林里的小教堂，建在四棵大树树荫下的空地上，旁边有一座简陋小屋，吕西安住在那里。我在泉水旁遇见他，他正拨开长发，往桶里汲水。这个地方是13世纪吟唱故事的完美背景，只缺一匹纳凉的战马和一位畅饮普罗旺斯葡萄酒的快乐骑士。

“是吕西安吗？有人在加纳戈比耶谈到您。您在隐居吗？”

“是啊，有些年头了。”

“您缺什么吗？”

“什么都不缺！我有书，有人给我送点吃的。眼下我正在读一个家伙的日志，他把自己关在贝加尔湖边的一间小屋里，待了几个月。”

“我知道，那就是我。”

他指给我看钉在屋侧山路旁的木牌：“接受陈面包和书籍。”

我坚定不移地相信，像这样远离大道的生活无法保证舒适和心理平衡，但能避免更糟糕的事情：打电话和商店里的长龙，即时间和空间的溃败。

---

① 库宾（1877—1959），奥地利版画家、插画家，是象征主义和表现主义的重要代表。

② 奥托·迪克斯（1891—1969），德国画家，新即物主义的代表人物之一。

我把那本托马斯·德·昆西的《瘾君子自白》送给吕西安，告诉他，他的那块木牌就是一种生活纲领。十天前，我在梅康图尔的高山小屋见到一块同一类型的标牌，宣布“这里没有无线网络，但有葡萄酒”。这里的人仍然敬重生死攸关的事物，而这些地方将在不久的未来成为庙宇。像日本人每年上山拜祭落樱下的神社一样，人们将列队前来。

我在山脊上一连走了三天。路一会儿把我驱赶到北坡，一会儿到了吕尔山这头躺卧老兽的南坡。石灰岩很难走。行者有时像苦役犯，干着敲石子的活儿。

在一个名叫“清泉”的地方，一位老妇人沿着没有嵌缝的墙跛行，手挽一篮桑葚。她抬起眼皮，正是我在寻找的农民的眼神，严厉，但流露着古老的智慧。她属于这样一种人，对他们来说，李子的健康比网络宽带重要。

“情况怎么样？”我没别的话可说。

“这儿再没有胡桃树了。”她说，“胡桃树热爱生命，但这儿没人了。山那边（她指的是南坡）有蘑菇。”

“他们真幸运。”我说。

“是不幸！人们像马铃薯甲虫一样从城里跑来，什么都摘，连牛肝菌和鹅膏菌都不分！要是他们给我看他们的收成，我什么都不说。让他们中毒去吧！”

她真像个女巫！和吕尔的废弃村落很相衬。她贴着墙，讲着晦涩难懂的话，焦虑是她的精神状态，表现出人在天穹之下的古老恐慌。我又爬上山脊，向让巴尔前进。旺图山显得更近了，好像阿尔卑斯山不愿在南方死去，惊跳了一下，但很快倒坍在平原中。

森林掩盖了乡间住宅。费了这么多力，最后以废墟告终！这些土方工程证明有人长期在这些山坡居住，他们力士般的工程重塑了地形轮廓。在矮墙边的石子路上行走时，我践行了某种活生生的考古学。数千年才把这些坡地变为梯田，几十年又把斜坡变成荆棘。时代的盲目力量无比迅猛地摆脱了陈旧的事物。

苔藓覆盖着矮墙。刺丝是时间对石堆的抚摸。一棵冬青拙劣地模仿吴哥窟的树木，试图扼住墙壁。结局惨淡。为什么画家对废弃的土地不感兴趣？那里具备 18 世纪虚空画的所有特点。这儿没有颅骨、花和沙漏，但有藤条蔓生的石块。象征物不同，但信息一致：一切都会消逝。短暂易逝的石墙甚至更令人悲伤。因为如果说墙和人都注定分崩离析，但建墙花费的工程可比繁殖人类更为费力。

9 月 8 日，旺图山侧

当我不在客栈四壁之间过夜时，就在田野里睡下，很快消瘦下去。在行走时减轻体重，就是把自己的一部分留在路上。一睁开眼，我就渴望出发。这是我在生活中珍视的一个时刻：在顽念中摇摆。

旺图山逐渐接近，我进入索村。我选择继续从山的南侧、斜坡的角落前行，触及维奈桑伯爵领地。上普罗旺斯护墙里的日子结束了。我离开城堡，走出阴影区。下方的冲积平原开始伸展，富饶，人口众多。在西边更远处，我跨过罗讷河，在中央高原腹地重新发现议会报告中的“废弃乡村”。伯爵领地是富饶的平原，教皇的巨型果园，新近又多了阿拉伯移民、英国游客、巴黎来的新农村人。还剩下几个普罗旺斯农场主、种葡萄和蔬菜的农民。我在索村喝了糖浆，思索着命运的讽刺：梦想过上坏子民的生活（我的偶像弗朗索瓦·维庸在小酒馆酩酊大醉，两段恋情之间在旅馆写诗），结果却在闲逛，以疗养院病人的姿态呷着巴旦杏仁糖浆。

我这么消沉地待着，在阳光下半眯缝着眼，而桌子已被一群美国骑行者包围。他们六十多岁，像网球运动员一样俊美，穿着紧身运动衫。英语使他们快乐。他们笑容满面，牙齿洁白。每一桌的人都相互呼唤，畅饮凉爽的葡萄酒，酒珠在女骑手的嘴唇上滚动。他们不仅懂得生活，还懂得表现出来。

普罗旺斯的旅行社组织骑行路线，还提供自行车。有几百人绕着旺图山骑行，晚上回到摆满鲜花的住地。藏族朝圣者也围着神山转山。他们衣衫破旧，黑炭般的脸孔上流露出恍惚的目光。归根结底，漂泊者的朝圣和美国徒步者属于同一类：解闷消愁。巴尔贝·多尔维利[1]吐露的可怕真情指引了我们的生活："……苦闷，是我生命中的神"……我的邻人比这位诺曼底纨绔子弟更能抗击神经衰弱。他们享受着彩色画片中的普罗旺斯，是那广告画中赭石色山峦两侧坐落着小村庄的国度。

这个棚架下面的格调太高！我感觉格格不入。美国人每到一地，法国人就觉得自己活像1944年诺曼底的乡巴佬……我起身离开，不打扰这些美好的粉红色生灵了。我并不讨厌他们，并不认为完美笑容背后总藏着恶魔的面具。不是！绝对没有！不是嘲讽！事实上，我羡慕他们的快乐。

到了更远处，夜晚来临，我在一片松树林间空地睡下。这里矗立着一座教堂，我在它的脚下点燃篝火，旺图山巨大的白石边缘就在树的空隙间显现出来，如此高大鲜明，不知情的人甚至会把它当作一团云朵，圆润得要发出微光。这片林间空地是基督徒珍视的一个地方，那时他们建筑教堂的地点曾被鹿群长期作为夏季夜晚的华盖床。

9月9日，在维奈桑伯爵领地

早晨总是很艰难。我得抖落噩梦，热身软骨。我在研究拿

---

① 巴尔贝·多尔维利（1808—1889），法国小说家。

破仑近卫军老兵撤退和苏联逃犯经历时发现的原则有了用武之地：想想比自己更悲惨的人，就能自我慰藉。

我在黎明时从长满苔藓的幽暗山谷下山。有些牧羊人窝棚的废墟背靠着岩壁脚下。直到战前，夏季进旺图山放牧的人还把牲口圈在那里。在温热的羊群里度过的夜晚应该既冒险曲折又幽暗深邃。我懊悔没在前一天晚上抵达这里宿营。我懊悔没在一千年以前抵达这里。

黄杨木被阳光打了蜡，闪闪发光。蛛网给我让路，它们是处女地的封印。石墙绵延不绝。它们代表着一个时代的工程，那时的人在森林里漫步，但并非“林地使用者”。这些遗迹增添了阴影的神圣感。这条路的尽头是一片开阔的远景，划着柏油马路的伯爵领地徐缓展开，引擎的嘈杂声逐渐升起。在我背后，是缓慢改造的乡间屋棚。在我面前，公路划破山谷，运输牲畜、人口和商品。溪谷里是昨天的世界。向南则是当下，宣告城市郊区已经挺进旺图山脚。法国国土被这种新型居住形式迅速占领。对于地理美容术而言，几年时间足矣。1945 年，这个国家得重振复兴，重新描绘地图能一雪 1940 年之耻。新繁荣时代为该计划提供了保障，国家要安置婴儿潮的孩子。火柴盒似的住房一直推进到城市周边。后来，按照国土规划者所说，必须“摊开城市化”。他们的用语逻辑合理，因为混凝土是液态的。“终止闭塞状态”的时机到来了，城市领土不断扩张。那就是20世纪60年代的优先城市化地区和十年后的协议开发区。高速公路伸展触手，超市出现，乡村的筒仓林立。蓬皮杜大腹便便，法国繁荣昌盛。农业工业化，昆虫退潮，水被污染。只有拉尔扎克①几个扫兴的家伙警告灾难到来。他们被当做左派分子，他们也的确是。人们任由他们在潮湿的羊圈里阅读列宁文集。

吉斯卡的七年任期预示着第二篇章的开端。城市规划法准许私人在农业用地上建房。独栋房屋的时代来临了，人人都能拥有自己的天堂。独立房屋的梦想使国土布满斑点。从飞机上看，好像打翻的糖罐把糖块撒在桌布上，在地面上则会听见犬吠。家庭住房无限复制，孩子们在花园里玩耍，由侧柏保护。不管怎样，总是好过在城里向高处叠积。

加斯东·德费尔②的地方分权政策突然袭击。地方行政区域获得了发展的钥匙。国家吹响喇叭：醒醒吧，沉睡的外省！超市招牌盛行一时，小商业主无力招架。猛犸象的尾巴扫清了在清晨为饥渴的心灵提供茴香酒的咖啡馆老板。从今以后，得去大商场买醉。

---

① 1971年至1981年，法国拉尔扎克地区的农民为了捍卫因扩建军营而被征收的田地，与政府进行了十年非暴力对抗。

② 加斯东·德费尔（1910—1986），法国政治人物，曾担任马赛市长超过三十四年。

人文地理是历史的形态。四十年间，风景经过改造，以使汽车通行。必须保障独立住宅区域和超市停车场之间永不停歇的移动。各地布满圆形广场。人们从此在汽车里度过一个又一个钟头。地理学家谈及“乡间住宅增多”：它是一种奇特的软组织，既不属于城市，也不属于田园，是一个布满孔洞的矩阵，人在其中穿行。

互联网关上最后一个舱口，结束这个变形期。继“黄金三十年”之后，我们可以把21世纪的前二十年称为“鼠标二十年”。第一个阶段的祭坛仍然点缀着乡村：水塔、收费站和高压线塔。第二个时期留下的痕迹较少，仅挖出一些空洞。世界投射在屏幕上，我们可以待在家里，像城市安全机构宣传的那样，由“邻里守望相助”围绕。有时，乡间之家会组织一场“苹果馅饼和扑克牌”活动，给失去活力的村庄带来一点能量替代品。“个人看护”取代了古老的友谊，电子监控保障着愉快的氛围。

起初，情况应该相当振奋人心。我们的父母还记得，国家期待着明天，裙子越来越短，外科医生大获成功，协和式飞机两小时抵达美洲，苏联导弹最终不会发射——美好的生活！1945年的婴儿抽到了历史的大奖，获得了繁荣的年份。他们没有听从让·科克托[①]在他对2000年青年的讲话中掷出的这枚破

① 让·科克托（1889—1963），法国著名作家、诗人、画家、剧作家、导演。

片手榴弹："进步可能只是一个错误在发展。"

但这些比例尺为一比两万五千的纸片成为宝贵的救援。它们提供了幽暗的小径，以便在死亡的珊瑚礁中蛇行。生活的关键是要配备优秀的护目镜。

卖樱桃汁的小贩把挂车停在贝端镇入口，我买了两升，一口气喝完。

"夏季还有步行进山放牧的吗？"我问。

"您开玩笑吗？牧羊人都是有产者！他们开卡车上山，山上的屋子里还有电视机！"

过了贝端镇，我从布满石子的山坡向马德莱娜山口爬去。灼热的沉寂从地面升起。这是个连昆虫都噤声的时刻……

我凭着阴影、桑葚、一点清风、经空调冷却的回忆勉力支撑。在一个叫做"黑暗背斜谷"的地方，我二十年前在这里度过时光的画面在记忆中重现：那时我来这里攀登路边橡树上方的致密石灰岩悬崖。一名身着作战服裤子的士兵全速冲下山来。

"攀岩吗？"我问。

"是，在那上边！"

他含混地示意了一下，听起来很腼腆。

"是外籍军团吗？"我说。

"是的。"

"您是哪里人？"

"拉脱维亚。"

他又出发了。十分钟后，小队的其他人突然排着队出现。有亚洲人，有些人眼睛颜色较浅，有些人有着鬈曲的短发，还有些人非常高大，来自岛国。他们消失不见，留下我继续上山。外籍军团士兵，世界的人。

我继续向马洛塞纳前进，冲下林间的石子路，又向山链口攀登。森林像织布工一样过滤阳光，我从光线中穿过，感觉在每次光芒爆裂时都清洗了一次面容。

躯体有些松弛。四十公里对一具骷髅来说太长了。普罗旺斯像个残酷的陪媪一样对待我。它和先前的美国骑行者追寻的蓝色海岸图景有什么相似之处吗？如果他们读过吉奥诺的书，就不会来了。这个国度和《捉贼记》的画面丝毫不相符。阿尔弗雷德·希区柯克为那些栖息在高处的村庄拍摄了一部广告幻灯片。这位马诺斯克的小说家则把自己遭受的恶意还给这片土地。他笔下的普罗旺斯在风中发出刺耳的声响，在脚下呻吟悲叹。坚硬的石块露出地面，水源稀少，大自然残忍食人。气候不是暴风雨就是酷暑，生长的是带刺的植物。野兽相互吞噬，下颌突出。普罗旺斯是什么？是一颗海胆。

这天晚上，在旺图山的西南山垂，蜈蚣造访了我的梦境。从在吕尔山过夜开始，我的肘弯就出现了叮蜇的伤口。我听见野兽在黑暗中翻寻。野猪、狐狸在巡逻。然后是一场直升机芭蕾。奥朗日空军大队在进行夜间训练，他们掠过山口，静止不动，又向马洛塞纳谷壁俯冲。虎式直升机？非洲狐直升机？我无法从涡轮的声音分辨型号。他们的探测系统能看见我平躺在地上的身体。但在一个半弦月的夜晚睡觉的家伙对于训练中的直升机来说安全无害。

9 月 10 日，**在塞居勒**

直升机飞走了，野兽又开始来来往往，但更加谨慎。有些将在东方的混乱中重建秩序，有些试图在这片领土生存立足，而戴着鸭舌帽的人容忍它们存在，为的是能够不时地向它们扫上一记霰弹。

我上路时，秃鹫在已经泛白的天空中巡视。我把鼻子埋在百里香里度过了一个美好的夜晚。经过愉快的一小时，我抵达石灰岩山脊的一个缺口："狼关"。桑葚降低了我的每公里配速。我在每一丛灌木旁都停步驻足。贪食使我的双手流血。为享受佳果而被搔伤的危险让我想起一些事：一个爱情故事。在这个流火夏日的山口，除了前进一点儿，没有其他迫切要求。无需通知某人，无需回应某事。在外的日子是受到庇护的。

长马山丘脚下出现了第一批喷洒硫酸铜的工业化葡萄园。

葡萄苗木间是清除了杂草、统一形状的土地：成吉思汗铁骑踏过之后的荒原。沉甸甸的葡萄串上，被化学剂催熟的果粒全部一模一样。葡萄园中有时夹杂着小块土地，草在不那么规范的植株根部间疯长：那就是无化学处理的生态葡萄园。它们产出的酒能使酒鬼的清晨不那么难受，是无需担惊受怕就能让孩童喝的酒。

在海拔更低处，过了拉斯托，我穿过满是淤泥的大平原，即罗讷河的冲积田，是上帝给人的礼物，使“真正的法国人”能用粗劣的红酒燃烧自己。

远处的塞居勒村紧靠着石灰岩峭壁，像阿特拉斯山的村镇。这是警戒敌人的理想地点。昨天是胡格诺派，明天会是谁？像10世纪的穆斯林吗？塞居勒占据了前阿尔卑斯山脉褶皱的一个高点。伯爵领地的果树平原开始了。小丘脚下的萨布莱已是一片农业封锁区，聚集的是地主，而非防御工事。一接触就有涓涓细流涌出。在“仙女泉”附近，一条游蛇在寻找水分。它在我抵达时逃走了，一开始腹部刮擦着路面，速度很慢，后来一旦摆脱地面的磨耗就窜进草丛。附近长有松露的橡树上挂着牌子，以阻止掠夺者：“禁止挖松露”。从梅康图尔开始，我注意到人们张贴禁令的嗜好。每片林子边缘都挂着“禁止打猎”“私人领地”“禁止进入”，乃至“最后警告”。地理学家说，人能改造自然，安装铁栅，使之“人类化”。进化是一件奇怪的事，三十年间就使一个狩猎、采集的种族产生了各种小业主的反应。

我在塞居勒村一位亲爱的姨妈家里过夜。她像母亲一样迎接我。她曾在岛屿的风中生活多年，从而获得了在藤架下生活的艺术。她家的藤架在岩石脚下面朝平原，可以望见五十公里外罗讷河的流波在阳光下呈现大理石的花纹。过了河，西边有暴风雨在塞文山脉上方酝酿。那是我要挑战的下一座高山。眼下，我觉得它好像一座不祥的城池。

9 月 14 日，走向罗讷河

正是收获葡萄的季节，土地渗出疯狂。葡萄园很快将把从阳光中偷走的愉快地交还。田间有些西班牙人在忙碌：红色旅。一名工人穿着靴子，在被前一天的龙卷风搞得泥泞不堪的路边抽烟。

“好啊！葡萄收得如何？”我说。

“很多钱！”他微笑。

午后，我背靠葡萄树小憩了一会儿，屁股垫在包上以免沾上烂泥。醒来时想到，这构成了法国特性的完美形象：一个在葡萄藤脚下打鼾的家伙。我栖息在爱谷河上方，借道凯拉纳的古兵营，把塞里尼昂留在以南二十公里处，让-亨利·法布尔1889 年定居在这个村子。这位博物学家（他不愿背负昆虫学家之名）隐居在一座花园里，并在其中引入了一些热带物种、珍稀树木和古怪昆虫。他任由荒地（普罗旺斯语为“阿尔马”）蓬勃生长，在陈列珍玩的工作室里排列贝壳，钉住蝴蝶，醉心研究。三十年间，他采集植物标本，跑遍旺图山，研究物种进化，收集化石，爱护野兽，在一张小木桌上撰写了永垂史册的《昆虫记》。阅读《昆虫记》让我学到，我们能从一个花园的秘密开启世界，通过凝视草茎建立思想体系，把世界的纷扰传给后人，发展一套综合哲学，而又不把人放在一切考虑的顶点。昆虫是一把打开生命奥秘的钥匙，配得上最高贵的珠宝。

我的心在这样的思想家面前抽紧了。他们的生活在雪松树荫下展开。他们有时愿意攀上山峰捕捉一只鞘翅目昆虫，其余时间则待在家里。他们提醒我们，太多环球旅行毫无意义。为什么花费一生追逐？这些快步舞有何收益？一些记忆，还有许多尘土。旅人费尽经历，耗散精神，然后气喘吁吁地回来，喃喃地说“我是自由的”，跳上另一架飞机。自从坠楼以来，我受到了阿尔马的诱惑。

在这位灌木丛老疯子之前两千五百年，一位希腊人揭示，驾驭生活的艺术属于管理一块农田的人。色诺芬把他的《经济论》写成了一本伪装成农学枕边书的指挥手册。想要权力吗？种田即可！晚上六点，我坐在悬垂于爱谷河之上的筑堤边，注视着河谷。18 世纪的建筑镶嵌在葡萄园的棋盘中。柏树是石头墙前的黑暗守卫。

这些领地的所有者掌握的权力比共和国总统更加有效。

前者支配着一个小王国的具体命数。后者要对大众负责，许下抽象的愿望，被认为应该指引一台比他更强大的机器——历史的走向。总统的权力在于能够潜入障碍的迷宫。

土地所有者能够自卫，就像森林遭受食木虻袭击时进行防御一样。国家元首则在国家遭遇威胁而采取极端措施时受到责难。

在政府治理方面，雄心的适度克制保障它能实现，行使权力的界限保证它的效率，而效率是权力的实质。“我希望没人知道我虚弱无力。”总统说。“我的领地是我的王国。”产业主回答。“我想要我做不到的。”行政长官结结巴巴地说。“我只能做我懂得的事。”地方的主人低语。

当一方忙着进行收割、牵引畜群时，另一方则幻想支配不可理解的事物，压制无法抑制的东西。

最近，法国国家元首为扭转全球气候而自鸣得意，但他甚至无法保护自己的蜂群和蝴蝶（法布尔会为之哭泣）。

像德国故事中戴着铃铛帽、被魔法师愚弄的疯国王一样，全球化的国家元首在王宫里漫步，坚信挥挥手臂就能重塑畸形发展的社会结构，他们通过计算的力量获得掌控权，又通过遁世的美德维持原状。国家政策是表达意愿的艺术。农业《经济论》则是把理念表现在有限空间中的艺术。这是色诺芬教给我们的忠告。

我没有领地，只好试着通过在路上步行做自己的支配者。我避开柏油路，有时在户外睡眠。这是我能做到的。

我再次上路，在夜幕降临罗讷河谷时抵达蒙德拉贡。

我歇脚的小旅馆住满了收葡萄的工人。我们在公共大厅的电视机前用晚餐。耳朵半聋的好处是音量自动变小了。我听不见 BFM 电视台女主持人说的话：她似乎对放任自流的理念感到惊慌失措。我的包里装着费尔南·布劳岱尔的《法兰西的特性》，在喝汤时读了前言。这位历史学家认为，法国源自人和景观的“过度分散”。布劳岱尔把这个国家看做一种畸形。让喝蔬菜蒜泥浓汤的人和康布雷的花边女工在同一片土地上为邻（同一旗帜下），当属奇迹。天赐恩典使肉体的对立及其精神文化的化身共存：石灰石和花岗岩，海豹和蝎子，新教徒和天主教徒，小个子萨瓦人和朗德的牧人，莫拉斯①和饶勒斯②。此类关联的结局通常是内战。不过，两千年的碾轧融合为一体（当然，以一些冲突为代价）。当代执政者被劝诱在历史的仓房里选择适合他们的东西。“盘点的权利。”他们以柜台负责人的口吻说。

我刚离开老法布尔的故土，他发明的一个说法可以归入布

① 查尔斯·莫拉斯（1868—1952），法国作家，战时曾充当维希政府的卫士，被视为法奸。

② 让·饶勒斯（1859—1914），法国社会主义领导者，是最早提倡社会民主主义的人物之一。

劳岱尔的思考。他描述陆地的化石层是“尸骨泥团”。我们生活在被时间消化的数十亿微小生物的压缩体上，它的层理结构组成了一种基质。不可思议的法国就像石灰岩，是消化的产物。相反的意见、截然不同的气候、不可调和的风景和差异巨大的人构成的缓慢反刍搅拌成了一块可以维持的“泥团”。在布劳岱尔看来，那就是特性所在：存在于“混合”之中，这是个绝妙的词。这需要几十个世纪。

这个夜晚可怕极了。国家既衍射又统一的想法驱走了我的睡意。这个旅馆枉称“罗伊的休憩”，我住的三十欧元客房面朝国道，卡车使纸板墙不断震动。

9 月 15 日，维埃耶岛上

水洼里的一天。在潮湿的黎明，我朝罗讷河走去，每一步都粘着淤泥。维埃耶岛将我与罗讷河相隔，我沿着岛屿冲积土上的芦苇荡，没有惊飞任何生物。没有窸窣声，没有鸣哨。植物毛簇以节拍器的优雅在东风中摇摆。我穿过果园。摘葡萄的工人仍在工作。我想到法国的“泥团”。就在我行走的地方，马格德林时期①的狩猎者、向罗马行军的汉尼拔象群、渴望普罗旺斯鲜血的胡格诺教徒和一队乡村人的祖先——帝国士兵或是

---

① 马格德林文化，指欧洲西南部的旧石器时代晚期的一种文化类型。

在 7 号国道骑行的普通度假者，曾发生世纪的碰撞。今天，沥青马路、高速铁路和 A7 高速公路沿河飞驰着。脖子上挂着耳机的跑步者向我打招呼，我推测那一缕烟云来自皮埃尔拉特的核设施。核电站，汉尼拔的记忆：这正是布劳岱尔式的累积，在同一亩地上的画面压缩。“发明空间是为了不让所有人待在同一个地方。”彼得 · 斯洛特戴克[①]在 2012 年的日记中写道。这位老人总是一副被自己的思想从睡梦中惊醒的神气。他也可以这么谈论时间。时间不像法布尔的“尸骨泥团”那样紧凑密集。事件纷至沓来，留下的印记不像石灰岩层中的化石一样混杂繁复。必须挖掘土壤，观察景色，详解一些面孔，借以推测过去的遗迹。

这一条条我正在编织其纹理的幽暗小径具有高尚的责任，即为逝去的时光绘制地图。它们过于古老，已被抛弃。古老已不再被视为美德。

---

① 彼得 · 斯洛特戴克（1947— ），德国哲学家。

第三章
幽暗的小径

9 月 16 日，走向下维瓦莱

罗讷河处于发情期，因近期的暴风雨而饱涨。我从圣埃斯普里桥过河，向下游的湍流瞥了一眼。象群如何跨越如此的急流？这些皮肤粗糙的可怜生物被迫脱离草原的冥想，向恺撒猛冲。一头迷茫在忧郁中的厚皮动物与帝国的命运会有何关系？我走上这座 12 世纪的桥，最后一次回头，把旺图山的顶峰嵌入记忆。我不希望忘记，地质学在平原上垒起祭坛，后来的人类以钟楼进行模仿。钟楼下的他们坚信，是一位游离于其创造物以外的上帝尝试了大地构造地质学。

在另一侧的右岸，我沿着阿尔代什河溯流而上。涨水使河流呈焦糖色。两天以来，我沿峡谷的山脊前行，潜入右岸的森林，向瓦龙虹桥走去。第一天晚上，暴雨倾盆。卢瓦尔河以南的骤雨通常为时短暂，但这一场直到第二天才有所减弱。森林阴暗，树木弯曲着沥水的脊背。我想到那些无巢穴可归的野兽，在拉瓦尔森林的溪流下游荡。更确切地说，我先留心寻找庇护所，发现了一座废弃的护林员小屋，之后才向它们致意——我们不该夸大同情心。雨下个不停。当夜晚决定在森林降临时，我出发前往拉巴斯蒂德德维拉克的一家客栈。

9 月 17 日，**在帕奥利弗森林里**

接下来的日子里，我得奋力开辟一条幽暗小径。这个地区人口较少，因此更容易进行这项活动。晚上，我算了一下在被遗忘的小道网络上坚持了多久。有时我觉得超过总里程的四分之三就满意了。我转向洛泽尔山前进，目标是莱旺。雨水冲垮了瓦龙虹桥附近朗图斯溪上的桥，使我想起在尼泊尔面对被季风期河水拔起的桥梁时常常提出的问题：是不是要被罚走四天路程，才能从另一边过河？在法国的地理环境中，类似的失望情绪只会把路程延长几公里。这是治理得像日式花园一样的小国的优势。我留在左岸，在种植了胭脂虫栎的高地的一条碎石路上遇到两位非常雅致的奥地利老人，有着在自杀前散步的斯蒂芬·茨威格和夏洛特·茨威格夫妇的风度。他身着粗花呢外套，她戴着奶油色丝质头巾。他们在用手推车运木头，连木柴也排列得无可挑剔。他们的破旧废屋已经完美地修葺一新，铺上了罗马式瓦片，矗立在高处。

“撤离以后，”他说（我猜想他指的是农村人口外流），“人人都来这里买个农场，比利时人、英国人……还有我们。”

他用木柴般的手指为我指出一条穿过橡树林通往西泽山口的捷径。我在石灰岩坝上方走了整整一天，在阿尔代什省把这叫做“山脊”。废弃的夏斯特拉村占据了农业平原上方的一个山坡。荆棘拆散了房梁，使原封未动的泥瓦工具裂开缝来。

我在村子里度过了完美的时光。椴树树荫下的泉水，背靠教堂墙壁的长凳：黑塞、汉姆生为他们笔下诗意的漫步者歇脚处安排的各种要素都在这里了。我在每次抬脚都被软泥拖拉的帕奥利弗高地小路上遇见了他们中的一员：一个身穿作战服、头戴军绿帽子的老头。正是我在寻找的那类身影！一个在自己的道路上搜索猎物的家伙。一个幽暗小径上消瘦自由的影子！

“您就像在视察烟草田的卡斯特罗。”我说。

“只是没有雪茄。”他说。

“没有，但是您戴着帽子，而且还有这些！”我指着一些作物说，虽然我认不出，但放在古巴也不违和。

“高粱！”他说，“我从工厂回来以后，他们种上了这些新作物。我们在战争时期秘密种植烟草。”

“应该拔了高粱，再种烟草。”我说。

“对！”

他对我说了声“再会！”就随着烂泥吸力的节奏继续大步溜达了。我则害怕滑倒，只得小步前行，因为已经到了晚上，我脊背的骨头开始喊救命了。我知道在停步以前还能要求它们坚持一两个小时。每天这个时刻，同一个想法都会刺痛我的心。锥凿的疼痛一闪而过："在山脊上玩耍了二十年，现在的步伐却像老太太。"我把自己的沮丧称为"运动的嘲弄"。

我回过头，看见那位老游民的身影向溪水下游走去。他走得很快，真是个坏蛋！尽管查尔斯·莫拉斯鼓吹把"法律的国家"与"真正的国家"相对立，但在幽暗小径上行走能让人发现一个既不合法也不真实的国家。不合法是因为我们能在违禁的篝火前睡觉，会遇见奇怪的人——流浪汉、罗姆人、几个乡巴佬，还有些仍保留一丝野蛮的人，他们使用一种独特的语言，能听见一切。不真实是因为幽灵在其中穿行。

这天晚上的幽灵在帕奥利弗森林里休憩。我穿过一片喀斯特高原抵达这里，大群飞虫在草地上空形成蛋白质积云。沙斯扎克河上方的森林遍布石灰岩的石海，河流则在被岩洞腐蚀的两堵峭壁间蜿蜒流淌。高达五米的石块在黄杨木的护卫中耸立，阳光照得岩石闪闪发亮。陷入遐思的大脑会把这石头丛看作一群正在攀上悬崖边缘准备纵身跳下时突然被石化的人。

"别再做梦了，泰松，到晚上了。"

塞德里克·格拉斯前一天在瓦龙虹桥村与我重聚，我们在沉默中走了整整一天。我认识他十年了，我读过他的书，他也容忍我对俄罗斯粗话、烈酒和在两面斜坡交接处度过一言难尽的夜晚的癖好。他这十年来在俄罗斯工作，而我们把那里视为第二祖国，原因是它的地理环境和其中的几位居民。我们曾在俄罗斯远东森林里迷路，在讲俄语的分裂主义者守卫的顿涅茨克市政府喝啤酒，也在无准备的情况下成功登过几次山。他从不指责我在登山运动方面的业余水平，因为他自己也曾在海拔六千米的喀喇昆仑山上折断腿，在一名意大利登山助手和巴基斯坦直升机驾驶员的双重努力下才捡回性命。他对人际关系的概念从来不以表达的频繁程度来衡量情感的价值。

这天晚上，我们在沙萨盖镇上方的悬崖边缘生了火。猛禽划破天空。风使我们的帐篷整夜噼啪作响，就像船帆的声音惊醒值守时睡着的粗心水手。午夜时分，像蝙蝠一样控制有序的格拉斯说起话来。

“你看，我们到处旅行，环游世界，但我们对这些乱石堆一无所知。”

“行者配不上他走的路。”我说。

“托尔斯泰的《哥萨克》里有这样一幕，一名老兵带领从军校毕业的年轻俄罗斯士官来到森林。他们都是出色的军官，有文凭，懂科学，佩戴勋章，但他们看不见野兽在地上的足迹，无法辨认风在林中留下的记号。老兵说了一句话：‘他们很有学问，但他们什么都不懂！’”

“那就是我们。”我说。

“老兄，你翻来覆去讲的乡村性是一种建立在静止不动的基础上的生活原则。他们之所以是乡村人，是因为他们定居在一个单一的地方，在那里接待所有人，不移出自己的领地。他的生活范围能用脚走遍，用眼看遍。他们以活动半径内生长的东西为食，对朝鲜电影一无所知，对美国原住民毫不在乎，但他们知道为什么这个树桩下会长蘑菇。从了解一小块土地开始，可以抵达宇宙。”

“‘宇宙，是没有墙的房间’。”我说，“你知道米盖尔·托尔加[①]的这句话吗？”

“不知道。”他说，“我们是现代人。我们只是路过。”

我们最后还是睡着了。

9 月 18 日，在维瓦莱地区的塞文山脉

我们寻找着幽暗小径。我们走在石板被阳光刺伤、露出地面的小路上，喝石灰岩池里的雨水，觊觎林下灌木丛中的小径。必须非常注意，才不会错过小路的起点。阳光有时把岩石照得发亮，我们躺在蜡状的光泽中，模仿猫的样子伸展肌肉，献祭给光。

格拉斯走得很快，我费力地跟在他身后。但每一天都为我

① 米盖尔·托尔加（1907—1995），葡萄牙诗人、作家。

提供了更好的身体机能。有时我感到身体恢复了柔韧性，另一天不再那么呼吸气短，而今天我的背一点儿都不疼了。目前的康复情况使我确证了一种反自然的感觉：似乎每天都在收复失地，就像生命的生物毁灭过程翻转过来，我将恢复青春，直到完全康复的那一天，整个机制将重新倒转，我再次开始感到变老，那标志着我已经完全恢复健康。

我们感到口渴，于是掀开一个空置农场里的井盖，惊扰了一只高傲的黑蝎子，它拥有华丽的护胸甲，竖起大螯——一位小神祇。它的力量何在？它完全清楚自己的所作所为。它消失在水井的阴暗处。颅骨上的裂缝是否给了我奇特的敏锐度，能觉察蛛形纲动物？没有哪位医生向我指出，脑部受到冲击能培育类似天赋。自从坠地以来，我见到更多猎蝽、蜈蚣，还有蝙蝠。作为浪漫主义文化的忠实信徒和洛夫克拉夫特[①]作品的读者，我一直把它们当做梦魇中的恶兽。现在我已经无所畏惧，甚至开始喜欢它们。它们在废墟中生活，待在阴影之中，是我所寻找的地方的哨兵。大螯在前，上颚警戒：幽暗小径的骑士在此。

我们竖起耳朵走路。很难躲开公路的嘈杂声。新时代让人

① 霍华德·菲利普斯·洛夫克拉夫特（1890—1937），美国恐怖、科幻与奇幻小说作家，尤以其怪奇小说著称。

四处迁移，命令他来来往往，移动构成社会组织的首要特征。地球村的每个人都在等待自己的华尔兹舞会上场时间。闸门已经打开，水流上升，我们就是一条涨水河流的淤泥。它拉扯着陡峭的河岸，吸收越来越松动的材质，其中的每个元素似乎都能被另一个替代。谁能筑堤拦住亚马逊河呢？

历史学家发明了一些词汇将人类阶段分类：石器时代、铁器时代、青铜器时代相继而来，随后是古代和封建时代。这些都是静止不动的时代，而我们则突然献身于一个“流动的时代”。飞机横穿天空，货轮破浪航行，塑料粒子在海上漂荡。小小的牙刷也经过环球旅行，诺曼底年轻人出发参加伊斯兰圣战，以在 YouTube 上发布视频。人们在棋盘上舞蹈。这种回旋病甚至被立为教义。一种文化如果希望有机会得到颂扬，必须致力于传播和沟通。对“多样性”“交流”“普遍联系”的颂歌是欧洲文化生产专业人士的新教理。

历史的帕金森氏病发作有个名字：全球化。该现象在我们日常生活中的体现是我们能在偏远农村最简陋的食品杂货店里买到热带水果和蔬菜。问题由此而来：为什么不接受偷苹果的贼潜入果园，却允许一颗巴西芒果端坐在阿尔代什省一个杂货铺的中央？违法行为从何处起始？

地球升级为生物和商品大流通的剧场，带来的后果是谷地因宽阔的公路伤痕累累，山峦被隧道穿肠而过。“国土整治”组织了这场运动，连蔚蓝天空也被远程运输机的烟迹划出条痕。风景变成途中的装饰布景。

乡村从根本上建立在与这种整体狂躁的对抗之上。选择宅家，就是创造了洪流中的一座岛屿。钻进幽暗小径，就是在岛屿之间航行。一个月来，我在群岛中开辟道路。

莱旺村酒吧柜台后的侍者向我提出了那个通常会问的问题。我的回答一成不变："从梅康图尔山来……尽量走得越远越好……或许会到拉芒什海峡。"这个年轻人说的一句话在格拉斯的地理学头脑中听来格外响亮："如果你们走得顺利，今晚能在花岗岩上睡觉。"

这个侍者说得有理！宇宙在海拔六百米高的布拉伊克发生翻转。花岗岩房屋被页岩板石覆盖，栗树守候在边缘，指出变化。普罗旺斯的纹章到此结束——石灰岩、橄榄树和罗马瓦。从此以后，我们的纹章图集变了。在东边，我们留下阳光穿越微风的精神：普罗旺斯。此处，在火山高原的坡地上，古老火焰的精神在栗子壳下沉睡。

山上的森林中，栗树的叶片窸窣作响。在我们刚刚触碰的花岗岩岸上，日子的滋味或有不同。我意识到自己受了地质的影响。石灰岩、页岩、火山岩支配着我的心绪。有人相信这条准则，有人断然否认。"这尘世与我之间实在没有什么共同的地方。”拉马丁[1]在《孤独》中如此写道。这颗珍贵的灵魂错得离谱！这句格言是打着大花领结的诗人写下的一首诗。一个浪漫主义者远离自己出身的山丘，把“自然的理念”置于自然之上，这是很正常的。栗树下的我感到拉马丁错得如此严重。空气承载着一股新的刺激，一直渗入我的骨髓。

巴尔山的脊线笔直向西延伸。我们转了二百七十度，沿一条林间道路行走，随后连上了幽暗小径，在砍伐过的矮林中迅速下山。有时得穿过柏油路路口。这就失败了，证明我并未成功延续自己的逃离路线，有时因为路线不存在了，有时因为疲惫使我抄了近道。在悬于维勒福尔村上方的森林里，我们睡在一小篷火旁，它欢快地照亮了过于短暂的夜晚。我看着火焰，感觉赢了命运一局：我吹火炭时颅骨几乎完全不疼了。

9 月 19 日，朝向洛泽尔山

山丘连绵不绝。洛泽尔山是一座标杆。在我们穿越的这片土地，畜牧业者与荆棘丛展开斗争。用乡下话说，他们所做的努力叫做“开拓景观”。蒙古草原、西班牙灌木丛、洛泽尔山的高山牧场都是家畜不懈热爱扯碎植被的结果。畜群似乎不知疲倦，但一代代人都不会忘记，荆棘如同长浪，牲畜一旦退后，

① 阿尔封斯·德·拉马丁（1790—1869），法国诗人、作家、政治家，是浪漫主义文学先驱和巨擘。

荒地将卷土重来。20 世纪 70 年代以来，数百万公顷无政府状态的土地重新侵占法国国土，形成包裹幽暗小径的织物。

我们在悬垂于屈尔比埃村之上的森林里遇见四名猎人，每人体重都在一百公斤上下。他们把猎枪靠在肘部，在森林小径上行路。其中一人有三层下巴，仅仅一次打猎无法抽干他体内的脂肪。杀死肌肉比自己更加坚实的野兽并不能解决发福问题。

“你们应该穿荧光服，免得发生事故。”第一个人对我们说。

总之，我们被训斥了，这激怒了格拉斯。

“先生们，”他说，“按照我们在俄罗斯染上的对粗人讲考究语言的习惯，我们觉得很不好意思，但必须请你们运用自己的观察力。”

“这是讽刺吗？”那家伙说。

“我们没有别的武器。”格拉斯说。

有一天，我们在符拉迪沃斯托克北边的比金河上航行，我听见他向几个大骂“去你妈的混蛋”的俄罗斯人喊道：“先生们，请停止咒骂。”这比往这些家伙的嘴脸上甩一鞭子更能镇住他们。

9 月 20 日，走向热沃当

一条小道沿洛泽尔山北坡上去。它名叫“失业者之路”，建于 1936 年。我们很喜欢这个名称的苏联特性。

“就连我们这些外人，法国人，也能集体完成大事!”格拉斯说。

我们在山脊上迎着风自由迈开步伐，劈开阳光和衰败的草丛。这种环境气氛专用于行走；只要路不离开山脊，我们就不准备停下脚步。但地理情况从来不像我们梦想的那样永远不变，俄罗斯草原除外，它的一成不变封存了我们的一切调整需求。洛泽尔山陷落。我们得再次下山，离开新教徒的南方和天主教领土之间分界的山脊。

两天中，我们经过喀斯地区，时有废墟作为路标，让人心生怜悯——抑或令人羡慕？我们步履轻快，没有丝毫挂虑，只想着找到道路，只惦记着品尝目光一路上带给我们的佳果：一棵榛树，一只鹡鸰飞过，一座干石墙谷仓。我们满足于此。我们摆脱了装置。

装置是决定我们命运却丝毫不引人注目的行为遗产、社会应力、政治影响、经济制约的总和。装置支配着我们，暗地里偷偷强加给我们一套举止方法，我们却不曾留意它的力量增长。有一种叫做吸虫的小蠕虫感染蚂蚁，控制其行动，迫使它们停留在草茎上不动，献身为食草动物的饲料，后者则成为寄生虫的新寄主。吸虫是蚂蚁的装置。硅晶芯片是我们自己的吸虫。我们每个人都心甘情愿担负着自己的寄生虫，它的外形表现为调度我们生活的某种技术处理器。在巴布亚人传承的世界观中，精神领域和现实相互交杂。这是他们的装置。我们的装置赋予我们安逸、健康和富足的食物，但向我们灌输它的话语，紧盯着我们。我们接收它的信息、它的宣传，回应它的指令。它的催告在各种嘈杂声中稀释淡化，压垮了我们。装置的话语也是一种装置。幽暗小径上的我们进入寂静深处，离开了装置。与我们相遇的第一片森林提供了藏身之处。新事物在那里充满魅力，几乎无法察觉，难以获取：一只仓鸮在磨坊屋架上搭巢，一羽猎隼向一只啮齿动物的司令部开火，一条玻璃蛇在树根错节间舞蹈，诸如此类的事物。它们有自己的重要性，但被装置忽略。

我们在村里泉眼旁的午睡一闪而逝，公共机构宣称泉水“水质未经检查”。我们跨过雨水划裂的蓝色泥灰岩沟和湖泊包围的谷底，有家庭在湖畔野餐。小路在冈峦起伏间无精打采地延续。我们在芒德上方树木繁茂的坡顶度过一夜，清晨听见山谷醒来，想到我们逃离尘嚣，又在自由空气中拾得一夜，真是乐事一桩。我们身处生活的一个罅隙之中。

格拉斯向我讲述他在西伯利亚森林中的旅行。他步行从北向南穿越俄罗斯远东地区，而他的南下也伴随着秋季向低纬度地区推进①。他一路护送森林进入冬季，承担了树木的丧葬服

① 塞德里克·格拉斯，《冬季尾随》，斯托克出版社，2015年；Folio丛书n°6100，2016年。——原注

务。我向他阐述了我的季节理论：直至秋季，森林仍是不甚明晰的大块整体，眼睛难以把一棵树和它的邻居区分开来。突然，秋季来临，点燃火花。某棵生命周期较短的树燃烧起来，绿荫中不时有点点火红彰显着个体。一棵树成为一个鲜明的存在。然后熄灭，迎来冬天。

巴尔雅克的墓地墙上有一块铭牌："过客，停步祈祷吧，这里是逝者的坟墓。今天为我而祈祷，明天为了你。"

已故母亲的记忆向我含混不清地低诉这类话语。对她的想念常因一幅图景而涌现，护送着我：为什么对逝者的回忆总与一些微不足道的景象相连，如风中晃动的树枝，或一片丘陵的山脊？幽灵突然浮现。我有一只骷髅戒指，曾戴过几个月，坠楼后被人取下。骷髅背后刻着的拉丁文和巴尔雅克的铭牌说的是同一件事："我曾经是你，你将变成我。"我过了很久才领悟到古罗马人在墓地入口铭刻的这个明显事实。我显然已经晚了两千年。相信事物能够永远留存是有罪的。春天的早晨昙花一现。我很久没能处于自己渴望存在的状态了：在路上。我享受站立在乡村、沿自己选择的道路前进的喜悦。这是布里克森夫人[①]在她非洲农场的景色面前教给我们的崇高一课："我就在那里，在我应该存在的地方。"这是生命的关键问题，最简单、也

① 伊萨克·迪内森（1885—1962），丹麦著名女作家，原名卡伦·布里克森，《走出非洲》一书作者。

最容易被人忽视的问题。

我们绕过老人所说的那些“玩意儿”，即冒出喀斯地形表面的层状山丘。这里的乡土结合了乡村设施的智慧与地形的柔和。我们在韦拉克已经渴得要命；村子是空的，因为农民都去挤奶了。我们没找到泉水。沙司朗的泉眼已经干涸，我们找到了一位老农。

“先生，泉眼没水了吗？”

“农民现在成了国王，为所欲为。他们切断了我童年时期的水源！就为了他们的奶牛。”

他举起一根控告的手指，指向铁皮棚下的一排拖拉机。这一切组成了一座纪念“黄金三十年”的庙宇。我们的老向导似乎并未意识到风向已经变了，对于那些有产者来说也是如此。

“他们有奖金，那些人！他们两个人就占了整个村子！”

“您呢？”我说。

“我们，我们过去有个小饲养场，有五十到一百只母羊，另外还靠一个菜园和打猎生活。我母亲全都卖给他们了。”

他请我们到他房子门口，给我们倒了两升水，说了句“再见”。仅仅一次歇脚，我们已经回顾了法国乡村近年来的篇章。

这位年老的档案管理员守卫着记忆岩洞的入口。更远处是蓬皮杜繁荣时期的建筑，破产的农民现在可以把脖颈挂进横梁下的绳圈了。村子出口是一座空置的农场，它最好的命运可能就是被一个英国人买下种植藜麦。

我们到了给艾尔迈高原北部镶边的谷肩。脚下有一片农场沿着横推断层边缘推进。山谷中，马尔弗若勒的灯光铺满夜晚。北边，月光照亮热沃当。月亮徐缓地从谷地上方横穿经过。我们用荆棘升起一小堆火，想着18世纪被热沃当怪兽从雪堆后偷走的少女。我们约定了今后的新旅程，然后就在炭火旁打起鼾来。第二天，格拉斯将回到俄罗斯，他将登上一艘白俄罗斯舰船前往北极考察。那是他的幽暗小径。

9月22日，欧布拉克高原

我瞄准中央高原的核心，那里是乡村秘密、怪癖作家、神秘森林、岩浆岩和精灵怪兽的国度。在这儿能抹去自己的踪迹。我得向北攀登，与马尔热里德高原西翼保持距离，“南北线高速公路”在那里划出了一条伤痕。我充满信心，因为如果说我确信能在一个法国地区找到幽暗小径的话，那就是这里了。

一离开马尔弗若勒，我的希望就有了回报。村子西面是连绵的拉夏姆高原，被花岗岩矮墙分割，由干砌石墙闭锁，组成的网格环绕着极小的草地地块。很快有雨滴落下，我迷失在迷宫中，但其中的怪兽米诺陶只是有着长睫毛的美丽母牛。

在大部分喀斯地区，许多用树木围隔的田地因土地兼并而破坏了网格。昂特雷纳的一名女农场主向我解释，1975年，

A75 高速公路的工地将最后的残留格栅付之一炬。拉夏姆的基石远离轴心，得以幸存。女主人为我打开她的谷仓大门，骤雨敲打着鼓点，而我在头灯的微光下与四只纤瘦的猫分享了面包，它们保证我一夜不受老鼠打扰，以感谢我的晚餐邀约。

太阳每天早晨攀上云朵的障碍，费力地越过栅格。到了正午则大爆发。被阳光鞭打的欧布拉克高原使我陷入对蒙古草原的回忆。那是醉酒之人行走的梦想之地。我翻过篱笆（让巴黎人羞愧去吧！），穿过畜群，在高原上走出一条直线。有时，一块大石孤零零地躺在一片田地或圆山顶上，好像是巨石文明时期被巨人遗忘的一个骰子，其实只是露出地面的花岗岩。就连母牛的茸毛也优雅地吸收着光线。在欧布拉克高原，人们把这些牲畜统称为“广阔空间的物种”，我以为这个称号是为中亚民族所保留的，很遗憾自己不属于其中。我狂乱地向“欧布拉克之花”们挥手致意。天空卷裹着被夜晚雨水洗刷的纯净空气，那是秋季到来前的脱水。草丛被风处以电刑，哗哗作响。太阳转动，狂风载满光子，削去我阴郁的想法，带走阴霾。我穿过沼泽，爬上山岭，在风景中陶醉了几小时后，抵达布吕耶尔。一个眼神焦虑的老头儿拄着拐杖，在花岗岩十字架脚下显得呆滞木然。由于脸部瘫痪，他像我一样面容扭曲。他似乎从我的丑陋中意识到一种亲近感，因为他对我说话的方式就像我们是熟人一样。我们面对面地攀谈起来。

“我在巴黎生活过。”他说，“在一个奥弗涅人在狄德罗街开的酒馆里打工。”

“啊对，煤炭酒窖[①]……”我说。

这个人每说一句话就用拐棍捣地，像保罗·莱奥托[②]接受采访时一样。砰！砰！

“我后来在巴黎大堂市场工作，退休后回到这里。我的儿子们现在养牛。”

“他们做得好吗？”

“我觉得不行。”砰！砰！“但他们做得对，因为他们都回来了。”

村子出口有一块指示牌：“危险，乡村地带”。这是为了提醒驾车者还是向回到田野的城里人预警等待着他的困难？

我从一面陡峭的斜坡下到特吕耶尔河的河道。20 世纪 60 年代的蓄水淹没了山谷，水面闪耀着金属的明净。一座吊桥连接两岸。我在傍晚时分来到皮埃尔福，在城市入口处一片陡峻的森林里过夜。那是个奇特的夜晚，我不下十次以为自己要滚下山坡，在斜坡上做了一夜的梦。这样的一天已经让我很满意。我和耶稣受难像的一名守卫交谈了三句话，在洒满阳光的高原

① 1850 年开始，农业危机和铁路发展使大批奥弗涅人来到巴黎，他们在巴黎开的酒馆通常也出售煤。

② 保罗·莱奥托（1872—1956），法国作家、戏剧评论家。

上耗尽体力，直到黄昏时分才脚沾柏油路。这是为了自觉消失而挥霍的一天，是自愿被奴役的解毒剂。

9 月 25 日，熔岩高原

情况有些不对头。我的坏情绪萌生于阅读《山岳》日报的时候——亚历山大·维亚拉特[①]已不再为其供稿。我正在皮埃尔福的小咖啡馆里就着几杯黑咖啡弥补失眠症，读到的文章写道："数字技术是增强创新的机会。"开篇就很糟糕，没人知道这些鬼话是什么意思。但全体大区议员都鼓掌欢迎。他们在米罗召开会议，准备把乡村连接起来，配备装置。该报纸宣布："超高速宽带前来援助乡村。"老天！我想，这个让商店关门的网络会拯救你们？"在此定居的居民要求在入学前安装宽带。"一位镇长在采访中说。为此很快就会开放一所"全数字化初中"，他为此十分高兴。学校将以"梅尔莫兹"命名。没人补充说明，这位航空业半人半神的英雄曾在安第斯山脉的一座山头花四十八小时用一把扳手修好了自己的飞机，他和宽带可没什么关系。没人补充说明，在自己和世界之间隔一块屏幕从来解决不了任何问题。

太多咖啡，太多报纸，太多世界更美好的承诺，清晨使小

---

① 亚历山大·维亚拉特（1907—1971），法国作家、文学评论家。

咖啡馆的激浪中生成了太多酸涩的泡沫。得出发了，把苦涩溶解在大步流星之中。告诉自己，高速流量是完全可以接受的解决方案，前提是它表现为勃艮第酒窖里一斧头劈开的酒桶涌流。

我咒骂了一整天低垂的天际，咒骂小径的三心二意，似乎只有追捕田鼠的猛禽在空中自得其乐。在地图上构建精巧的路线，最后却撞上消亡在耕地里的断头路，把我气得发狂。国家地理林业信息研究所地图上保留的古老地籍图早已被农民抢占。业主们不再遮遮掩掩，毫不顾忌行政机关，把道路吞没在自家田地的边境之内。我在通往普拉德布克山口的坡地上把地图拿给一个正在布置篱笆的农夫看。

“这不是私家道路。”我指给他看我正在寻找的路。

“您找不到这些路的，这地图太老了。”

“不是，这是今年的版本。”

“那这就是些老路，已经改了。”

快到中午时，我在耶稣受难像脚下的阴影中停步，进行伸展运动，身体疗法称之为“穆斯林式”，即坐在脚踵上俯伏着拉伸背部肌肉。十字架的密度在高原上有所增加。在城市里，罗伯斯庇尔的仰慕者呼吁彻底实施世俗化，有些人积极号召公共场所在圣诞节期间不得出现马槽装饰。这些激动的精神令我着迷。他们知道吗，法国数百座山的顶峰竖立着十字架，数千个十字路口钉着耶稣受难像？森林里、树洞中，乃至岩洞深处，圣人的小雕像与夜游的蜘蛛为邻。登山者有时将绳索固定在封存于花岗岩中的铅制圣母像上，以从峰尖下行。幸亏这些《理智》杂志的爱好者忙于阅读拉瓦肖尔[①]，无暇手持铁撬登山。如果说我喜爱这些关于信仰的铁制品的话，并非因为我相信一神论的忧郁传说，我也不怀念神甫的权威，但我不喜欢人们责怪这些站立的物品。此外，在人类为阐明故事而创造的所有象征物中，我觉得大路上的十字架和圣母像不是最糟糕的。如果没有什么东西可在原地补栽，就不该费力铲除。国家森林局的任何一个小职员都能有理有据地对不可知论者解释这条原则。

① 拉瓦肖尔（1859—1892），法国无政府主义者。

第四章

阴郁的暗影

9 月 28 日，康塔尔山

到了米拉，我不再孤单一人。于曼和我相聚。格拉斯走后，又有一缕俄罗斯微风吹拂到我身旁。阿尔诺·于曼是所有朋友中唯一一个不在救命绳索上弄虚作假的。他真真切切地斩断缆绳，不留后路，三十年来一直生活在西伯利亚。他把不带行李旅行作为宗旨，身上没有一个卢布，却累积起回忆的宝藏。他每次回到法国都惊讶地发现自己的同胞自以为照耀着全世界。他在泰加森林的朋友或许都是粗人，但至少他们的雄心壮志仅限于暖暖和和地过冬。这样的生命不会过多考虑普世理论，但宾客能进行更简朴的对话，夜晚更加欢快，还能预防狂风大作时的哀叹哭诉。二十年来，于曼以不可思议的执拗顽强来往于堪察加半岛海岸、阿穆尔河三角洲、雅库特的泰加森林和贝加尔湖的冰面。他在勒拿河畔与被他叫做塔妮乌什卡的那个她结婚，承认自己跨越了界线。他有着熊的步态和深蓝色的眼睛。

他陪我步行了几日，穿梭于规划精致的法国国土令他极度兴奋，毕竟他所习惯的风景是无边无际的，能粉碎一切对于变化的希望。我们离开以黑石著称的米拉，向康塔尔山巅前进十五公里。高山云海使于曼心醉神迷。他喜爱一切掩饰人世的事物：云彩、距离、伏特加。我们又下山来到超级利奥朗滑雪站。各种设施砍伤了山坡。这并不使于曼感到来到他乡，他已经习惯于苏联工程对自然空间的整治。

为什么是在下午两点？为什么是在此地而非别处？我们正悠闲地坐在草丛中，躲在滑雪站混凝土建筑的阴影下，啃着一大块面包作为午餐，一股对死亡的渴望突然从我体内涌出。它来得缓慢，像魔法直指天际，像一个黑点侵蚀生命，像墨鱼的墨汁混进海水。后来，我在恢复知觉后想起了一位来自瓦勒迪泽尔的朋友。她向我讲述了自己驾驶帆船穿越大西洋的历程。她置身于大海中央，看见一条（不伤人的）鲸鲨从深处游来。她被完全慑服，丧失一切反应能力。我感受到的阴影则诞生于自己的心底，如同一头野兽，但并非美丽的海洋生物，而是一头可憎的野兽。是癫痫，是黑祸病。

我颅骨的裂缝促成了这些病症发作。在开往欧里亚克的急救车里，我恢复神智，在汽车急转弯时，看见于曼可爱的面容正俯视着我。

“你在草丛里痉挛发作。”他说。

“它从来不会持续很长时间。”

“还是有三十分钟之久。”

“不太好看吧……”

“不怎么雅观。”

“因为我们身处火山熔岩区。”我说，“玄武岩底下蕴含着火。土地搏动，发出不祥的辐射。癫痫在火山地带是致命的。”

“又一个正当的解释……”于曼说。

9 月 29 日

我在欧里亚克医院度过一夜，上午十点被神经科医生释放。我亟需再次上路，驱散阴影，抵达海边，从悬崖高处摆脱前一年突然摔落对我造成的毒害。我催告幽暗小径再给我分泌一些众神的食物。我对它们的要求越来越多。我曾请求它们为我开启法国乡村的裂口，学会把我藏匿，让我重新行动起来。眼下它们的任务是驱散癫痫的墨迹。我由此更加坚信这次徒步旅行的魔力，只有它的终点能敲响彻底复原的钟声，遵守它的承诺是最好的药方。

医生并未明确禁止继续徒步，但也并不强烈建议这样做。医生有时是无与伦比的外交官。我则想起维亚拉特的话：“蜗牛从不后退。”这些语句是艰难时节的处方。

出租车把我们从医院送回我失去意识的地方。正午时分，我们走上帕斯德佩拉尔山口的徒步路线，整整走了七小时，直到晚上，来到一片散布着牛羊群和孤零零的石头小屋的高原。空气疯狂而傲慢。风向草丛散布耳光，吹乱金发，使天空发狂。康塔尔群山的风景闭合在一条长长的正弦曲线中。山峦平稳坚固。从神经科的黑暗走出后，我感到充满生机，因为我在路上。无比纯净的感受。我们在树林里歇息，半明半暗的光影画着条纹。于曼是完美的朋友，他搭起的露营地正适合经历过震荡的大脑：柔嫩的苔藓，拉斐尔前派的光线，在树根上享用晚餐，还有已经开始鸣叫的猫头鹰带来友谊。我们在它们眼睛的微光中入睡。

9 月 30 日，**穿越阿尔坦斯地区**

在年份够长的树下仅仅度过干燥温热的一晚就显示了奇迹。我在一棵松树脚下醒来，充溢着全新的兴奋感。树是否会把自己的力量渗漏给睡在它脚下的生命机体？毕竟，与有些生物为邻能带来益处。或许树木也是如此？

我们花了几小时打开、合拢栅栏，在田野里开辟通道。水鼩钻回地道，猛禽盯牢它们。针叶树维持了空气的凉爽。小径逐渐消失在杂生林里、石头篱间。秋天取得了对蕨类植物的全面胜利：它们已在泣血。它们最先承认，节日已经结束；树木则仍在坚持。苔藓覆盖的花岗岩露出地面，这给了从不吝啬于类比的旅游局以启示，把该地区称为“小斯堪的纳维亚”。不过，我们穿过沉寂的村庄时，没遇见任何穿超短裤的瑞典女人。

在孔达，就像宣布了一场全国哀悼，气氛从未如此凝重。这些小地方五十年间发生了什么？

“还以为是俄国人来了呢。”于曼说。

穿越这些村庄的感觉像是巡视一排降半旗的房屋。不是关门就是在出售，正在出售的找不到买家。逝者的纪念碑都有着辉煌的名字，在街上忙碌的几个活人似乎也能加入这一行列了。生意兴隆的都是美容沙龙。“弃船时还有许多人在做最后的梳妆打扮。”橱窗似乎这样声明。自恋至少能维持经济运行。我们正身处失落的国度中心、“超级乡村”的灰色地带。这片荒漠的居民坚信巴黎听不见他们的呼声。这群人在近期的一次移居中清空了这些地方。澳大利亚的蛛蜂是一种甲壳为血色的华贵胡蜂，它将卵产在活的狼蛛体内，幼虫生长时便从内部吞食了寄主。辉煌经济、工业化农业和大奏凯歌的城市化组成的三重装置正是乡村的胡蜂。

一个念头使我焦虑不安：癫痫是否源于忧郁突然爆发？我告诉于曼，我们必须迅速找到一条两旁种植树木的道路，回到乔木林下，与水流重聚，走出苍白地带。

我正在变成一个怀旧的人吗？于曼确信不疑。

“你老糊涂了。”他对我说。

“然后呢？”我回答。

认为充斥着喧闹乐队和哞哞畜群的村庄比美甲店霓虹招牌在风中闪耀的街道蕴涵更多诗意，是一种可耻的想法吗？此前我一直是嗜古派的敌人。我生怕老旧过时，把怀旧视为一种可耻的病症，比肝硬化更糟糕，因为后者作为欢乐夜晚的代价还是可行的。我强迫自己相信，地理学家皮埃尔·乔治描述的“山丘法国”已成回忆，或更糟糕的是——已成幻梦。每场革新一定是幸福美满的。我还有一个无法反驳的论据：贺拉斯、卢梭、内瓦尔、列维-斯特劳斯的作品中都找得到对时间推移的悲叹，证明怀旧只不过是老年时期的结巴口吃，懊悔失去自己的二八年华。反之，天才则兴奋于时代的震颤。看看谷克多！他燃起新的火堆，鼓掌欢迎火山爆发。但最近这几个月改变了我，在乡村布景中的短暂徒步旅行加速了改革变化。我不再羞于承认怀念自己此前并不了解的事物。我意识到自己对单宁的气味、红脸庞和谷仓横梁下的长木桌有着特别的癖好。我钟爱事物的本质、物品的乐章、在纸灯笼点缀的夜晚许下的诺言。而这人世之歌，我在这些走廊里并未听见。在事物之间建立等级是否不妥？是否不应该偏爱鲁普内勒[1]著作中的法国——即便只是想

① 加斯东·鲁普内勒（1871—1946），法国历史学家。

象的产物，而非成排的死寂房屋？

过了多尔多涅河，我们敲响一个农庄的门讨水喝。我们坐在木头桌旁，有人倒来咖啡，于曼和主人谈起森林密布的俄罗斯因冬季而疲惫不堪。农场主则讲述了一个我已经听过的故事：在乡村度过童年，在城市生活，然后老年时回到几乎已被模糊抹去的故土。门开了。

“是我儿子。”主人说。

一个穿蓝衣服的男人无声地向我们打了招呼，拥抱他的父亲。光秃秃的灯泡在电线尽头摇晃，在脸上投下暗影。

“你们看，我曾是农民的儿子，后来成了农民的父亲。”老人说。

二者之间插入了人的一生。“我小时候家里有四五头牛，每天做三块圣内克泰尔奶酪。他们现在能生产一百五十块。”

我并未进行必要的研究，以了解这些现象的机制，也不具备对其进行分析的知识水平。但我预感到，我们的主人在此提出了一个关键点。感觉自己不再优雅地居住在大地之舟上，这源自以发展增长为基础的普遍纷乱。突然一切都变得过剩。太多产量，太多来往，太多能量。

对于大脑，这会引发癫痫。

对于历史，这被称为大众化。

对于社会，这将引向危机。

10月3日，经过上马尔士地区

于曼在于塞勒与我离别，返回他所爱恋的俄罗斯。他在月台上的最后一句话是："我不能错过十四点五十分从于塞勒开往伊尔库茨克的列车。"我继续经由树林和牧场向北前行。森林里的一站没有歇息。苍鹭在林边飞起，噼啪作响。我一连走了六小时。雨驱赶我向前。雨点密集，雨滴之间没有多少空隙。宪兵在拉库尔坦拦住我。

"我们要请您出示证件。"

"喔唷！宪兵队变得真客气。"我一边想，一边在口袋里搜寻。两位卫兵执意把我送到两百米以外的小旅馆。我很尴尬，因为自己的消遣活动而公器私用。在被急救车载过一程后，我第二次被官方车辆运送。旅馆老板娘用恶意的眼神看着我。没有哪个旅馆老板喜欢从厢式货车下来的顾客。

我第二天在森林里听见的训练射击枪声解释了宪兵热心的缘由。拉库尔坦的兵营炫耀它那迷人的小山谷，但禁止非军方人员进入。我猜想那里有着蝾螈、仓鸮和一切能躲过一百二十毫米迫击炮的动物。

我常躺在田野里睡觉。雨不会立即吵醒我，直到淋湿的衣物冻结骨髓，我才会睁开眼睛，这证明了在耕地里的睡眠质量。

穿越克勒兹省时，我在未饮先醉的状态中漫步。癫痫药物使我头昏脑胀，再加上防止心脏并发症的秋水仙素和缓解腿部疼痛的药物。我将火投入生命，焚烧我的血管，然后爆炸，以避免火灾。而现在，我带着被药物遏制的全身炎症在路上拖着步子。“争取别掉进水里。”我在走过溪流上的桥梁时想，“这个地区就能免于一场化学污染。”

10 月 5 日，**米勒瓦什高原上**

这些日子凄凉忧郁，不像在普罗旺斯那样被光子拍打，也不再被翻山越岭的热情所驱使。小圆丘顶上装饰着几座百叶窗闭合的城堡，像《大莫纳》①里的布景，人字斜纹布后有羞红脸的表姊妹们。我在山丘后面找到了一些安宁的小径。我经过时田野里的马纷纷跑开，说明它们没见过多少人，只是出来在孤独的日子里偷得一段友谊时光。山谷潮湿温暖，是地形的性器官。几只蟾蜍在地形起伏处警戒。风起了，擦过森林。我在配得上维达尔·德·拉·白兰士②图表的乡村景色和荒废村庄之间摇摆。在空荡荡的街道上，我想到了海难者在茫茫大海中央

---

① 法国作家阿兰·傅尼埃（1886—1914）的唯一作品，是法国最流行的小说之一。

② 保罗·维达尔·德·拉·白兰士（1845—1918），法国地理学家，法国近代地理学奠基人。

一块木板上醒来时所提的问题：大家都去哪儿了？我穿过马尼亚莱特朗格[①]，它的名字把我迷住了，虽然这个地方完全可以叫做“被遗弃的马尼亚”。

在这些光秃秃的山上，偶尔有一家面包店抵抗着人口流失。小店兼任杂货店、邮局和烟草店的功能。有些面包店的供应量不比苏联时期的摩尔多瓦商店更丰富：一盒金枪鱼、一瓶朝鲜蓟芯、草莓哒哒糖、R4 电池。在古涅阿特，上午十点钟，女老板在打电话：“没，我没有面包了，只剩一块馅饼了。”这是饥荒时期的谈话！

波利尼西亚环礁也有这类酒店柜台，下了破船的海上游民会来灌一杯朗姆酒，打听人间世事。他们借此机会买一桶机油和几米缆绳。而在利穆赞大区这里，讽刺之处在于这些生存营是欧盟资助的。欧盟旗帜在百叶窗紧闭的市政厅前飘扬。肢解古老法国土地的人忙于重新缝合乡村的尸体，而正是他们促成了它的死亡。

10 月 7 日，经由上马尔士

我有时离开森林，在两条纠结的幽暗小径之间的马路上走

① 地名，意为“奇特的马尼亚”。

三四公里。汽车驾驶员打个手势，仿佛掸去路上的污秽，或者更糟，按喇叭。这不公平，因为内燃机近期才建立对步行的绝对优势，所以行人也应该享受历史上的优先权。

谷仓里的干草包已经排放整齐，预备过冬。这一排排金黄的厚轮子使我幻想起东方的糕点盛筵。在穆尔兹纳，我先悄悄地在教堂台阶上睡了一会儿，然后找了一家小餐馆灌了一些“维安多”调味汁，因为我已经没有权利再用一杯杯烧酒抽打自己了。

永别了，泡沫！永别了，葡萄酒！我的水中生命！我一推开酒吧的门，常客们都打量着我，虽然从来不含恶意，但总流露出些许惊诧。是因为我歪斜的脸容，还是奇装异服？这家伙要一碗汤，背着包，口角扭曲，手持登山杖，总之是个游客。而当我回答那位喝啤酒的先生的提问，宣布自己“从巴黎来”时，我感受到农民对城里人长久以来的讥讽，而后者又常常用蔑视还以颜色。于是，我怀念起由贝阿特丽丝·冯·雷佐利男爵夫人陪伴在托斯卡纳度过的日子，她是佛罗伦萨北部一座橄榄园的主人。有一次，我开车载贝阿特丽丝去村里的榨油厂，圣玛格达莱纳镇成吨的橄榄就要被送入机器了。她精通橄榄油生产，监督了各个环节，晚上十一点在农民中间随意自如，就像与大使们共进晚宴一样应对得体。我在这些镶金网线的甜腻气味中见证了生活中的君主和土地上的农民之间的亲密关系，这种中世纪彩画里的友善精神尚未被社会斗争撕裂。总而言之，是一个浪漫主义的梦。

10月9日，**在克勒兹省**

在打开的天幕下大步向前。我养成了一个习惯，形成了惯例，还要推荐给所有在矮树丛里步行的人。我在冲到森林边的草地前时会吼出对最后一个方阵的集合口令："谁看守边线？"有时撵出一只受惊的狍子、一只野鸡、一只野兔或一羽笨拙飞起来的涉禽，证明我的号令并非徒劳无功，这个王国的边缘仍有英勇的哨兵护卫。林缘是各个帝国之间的城墙。

我穿过赫拉特，这个迷人的小村住满了忙着用花朵装饰阳台的荷兰人。我本以为赫拉特是阿富汗西部一个城市的名字。我心里思忖，地名学真是一门不可理解的学问，会把同一个名字赋予可爱迷人的地方和被诅咒的城市。思考更深入一点：或许是因为人并未获得同样的恩典，即根据自行选择的法则创造幸福的环境。

一个戴草帽的男人在自家花园向我打招呼。他来自阿姆斯特丹："我们定居在这儿，因为这里已经没人了。村里只剩一个被遗弃的老太太，我们帮她做饭。"多好的忠告啊！北方新教徒在退隐的边缘之处找到了发扬社会民主美德的方法。他们的纲领可以题名为《人道主义者和第二住宅》。

森林染上金色，花楸树则点缀以红色。苹果树被果实压垮，它们的轮廓使橙红色的森林边缘有了日本风味。风扯下水渠旁树上的闪光叶片，像碎屑一般落下，如同克林姆特画中的图案。我愿意送出一个脚趾，来换取与一位卢浮宫学院教授一同漫步的机会，我每投出一瞥，他都会上一堂风景画历史课。为什么欧洲画家用了这么久才离开画室，把画架立在田野里？为什么他们迟迟不将世界纳入自己的作品？或许在阁楼接待漂亮的裸体模特使他们倾向于待在自己家里。

在很长一段时期内，宗教画是官方准许的唯一题材。中世纪的人属于上帝，绘画表达神圣的事物。文艺复兴解放了灵感。佛拉芒人描画了他们的乡村。勃鲁盖尔把溜冰的人和小鸭子作为画作主题。不过，在他以前也有些艺术家绕过教廷的命令，发明了景观画①：他们在神圣的场景中设置了一扇窗，荒野的景象在其中展开。怀抱圣婴的圣母坐在教堂穹隆下，底座却盘旋着河流。意大利文艺复兴大师伯纳迪诺·卢伊尼曾经画过一幅画，圣玛利亚和圣以利沙伯并肩坐着，膝盖上分别抱着巨婴耶稣和胖胖的小婴儿施洗者约翰。这组人物身处一片繁茂的森林前，几乎能听见枝叶的沙沙声。我想象着，基督一定愿意和小

① 18世纪初，意大利威尼斯画派中新生一种城市风光画，专有名词叫Veduta（可译成景观画），特征是手法细腻，以真实的景物为对象，描绘城市、集镇或地方风光。

伙伴一道跑开，在密林里扮成印第安人玩耍。逃到幽暗小径去的新动力：避开成规，通过景观画，融入背景里的森林。

我所期待的裂口在维古朗村北面几公里处到来。最后一段陡坡通往地形褶皱，然后平原诞生。天际线给出了诺言，宽厚的天空遮盖整个大地。我从利穆赞大区来到中央区，从克勒兹省进入安德尔省。荫蔽沟壑切入的花岗岩堡垒是共和国总统蛰伏的地方，但这一切已经结束。我从中央高原抽身而出。哦，这还没到卢瓦尔河畔皇家的法国、领主的平原和猎物丰富的狩猎区，但已经是平坦而饱受祝福的贝里地区。农民的额头不再那么忧心忡忡，土地不那么崎岖粗砺，荆棘没有那么茂盛，蛇也不再那么确信自己的权利。从此地开始，我的路线转向，直指科唐坦半岛，离开了政府报告员严格的“超级乡村”地理学。如果按照他们的分类，我应该途经阿列省、涅夫勒省和约讷省，向阿登省进发。在现代化水平更高、雅各宾主义更浓厚的农村地区寻找幽暗小径使游戏复杂化了。必须更加仔细观察这些地方，辨认那些藏匿之处。

开阔的空间赐予我一种新的活力，根据一种地理心理学现象，地形决定了我的情绪。

10 月 10 日，南布瓦肖地区

于是到了平原，树篱消失了，田野不再闭合，迷宫在法国的心脏开启。村庄成片聚集，我沿着长长的林荫小道，或是在田边前行。歌声涌到唇边。它们用了几个月时间，从我打结的喉咙里开辟出一条路来。

田野里的农活必须集体努力完成。在博卡日[1]地区，家庭可以自给自足。一位社会学大师在倒推梳理理论时得出结论，农业制度决定了政治选择。他声称，博卡日能扩展精神。整天关在树篱中间的农民乐意迎接外人，打破孤独感。开阔田野的村民则会因异乡人拥入而失去一切。他们渴望防御物，因为这里完全没有防御。前者拥有一座堡垒，能在桌上安排一个穷人的位置，等待来访。总之，平原上的人比矮墙后的人遭受了更多全球化造成的痛苦。

拖拉机手开始播种了。这些人一定有着糟糕透顶的室内生活，才会在地块里来来回回几个小时。只有舒伯特（或是贝多芬？）才相信农夫是快乐的。他们或许很深沉，但开足马力画下几千米犁沟并不能使人变成一个无忧无虑的家伙。无论在哪儿，他们身后都跟着前来参与蚯蚓大丰收的大群鸟儿。

“就像北方塘鹅跟着拖网渔船的航迹一样。”达芙妮说。

我妹妹前一天在拉沙特尔与我相聚。我允诺她以安静的步调。我说，夜色温柔，路途短暂，夜宿也很舒适。她可以第二

① 法国西部用树木围隔的田地或草地。

天回巴黎。

“我以前从没在户外过夜。”她在见面时提醒我。

“我们会找一片惬意的林间空地，点着篝火用晚餐，比在威尼斯总督的宫殿里感觉更好。”

黄昏时分，在抵达百合城堡小山冈前不远处，我们向一位老太太问路，话题转向了村里古老的洗衣场。

“以前我和其他妇女一起捣衣服，但现在有洗衣机了。我几乎天天回到洗衣场，看着回忆流逝。”

我在日落前找到了城堡的森林。树木提供了完美的庇护所，土地平整，我支起达芙妮的帐篷。火上烤着面包，空气安宁，一切都很完美。它们就在此时发起攻击。我曾在各种海拔高度的户外顺利度过几千个夜晚，但只有为小妹妹预备的这一晚突然变成了幽灵列车来访一般。我生的火恰好位于一个大胡蜂巢下方。它们在黑暗中嗡嗡鸣叫，冲进头发，围着篝火飞一两圈，然后像日本敢死队的零式战斗机撞向太平洋美军军舰一样在火炭中烧焦。人只要忍住不动就可以躲过，但达芙妮更愿意尖叫着朝帐篷跑去。她躲进睡袋，而一只蜘蛛正在那里等着她。几只大胡蜂钻进帐篷的双层布料，情况变得完全不可收拾。一小时后，我觉得必须提醒妹妹，在林子里回荡的尖叫并不是一个半疯的白裙子小姑娘发出的，而是一只仓鸮的呼号。

10 月 11 日，安德尔省

时间在中央区的森林里流逝。在这里跟随幽暗小径意味着把古老的高卢热带雨林中的小岛连接起来，其中还有一些暗礁幸存。穹窿下有黄色树脂如雪滴落。空气中散发着苔藓的气味和潮湿的神秘感。我遇到了骑兵、鹿和猎人，为取得狩猎许可证而学的科学知识使他们有能力不把这两者混淆起来。

两片森林之间，我向牛群喊出爱的呼声，有时收到一声悠长的“哞”作为回应。

在圣塞韦尔，我在油光光的太阳下面读了报纸。世界新闻不比平时更糟。毕竟当阿提拉率领匈奴人在卢瓦尔河畔登陆时，情况应该不比今天更令人向往。

安德尔河在阿尔当特缓慢而有力地流淌，金色叶片漂浮其间。秋天开始在河流上覆盖豹纹。凝视水流让我脑中穿梭着平静的回忆。河流是否怀念自己的源头？

我走出村子时找到一间小酒馆，点了肉汤。

“您去哪儿？”老板娘问。

“沙托鲁，步行。”

“那远着呢，别喝调味汁了，喝了犯困。”

“那喝什么呢？”

“来杯啤酒。”

“没这权利。”我说，“药物作用。”

我真想灌下几杯白葡萄酒，让一种熟悉的空虚感在体内膨胀。我会倚在柜台上，看着自己的思想成型，长成嘉年华上的小人儿。我会和吧台的邻居交谈，和他们成为血肉兄弟，因为我们的血由相同的成分灌溉。矿泉水和调味汁使我丧失了这种兄弟情。不过，一名酒客还是很愿意给我建议。

“还是喝吧！乘公共汽车过去！”

10 月 12 日，沙托鲁的香槟地区

我在沙托鲁的一家旅馆过了夜。沙托鲁的旅馆！这句话让我隐约想到轻喜剧里的演出讲解，此后一回想起这个情节就会使我想到，自己成为拉比什[①]笔下的布尔乔亚了。

黎明时分，我的朋友托马·瓜克背着包抵达火车站，我们立刻沿着安德尔河畔和一连串空寂的街区离开城市。

瓜克刚失去他的父亲。他来和我徒步几天，把悲伤踩在脚下，重组我们这支已有十多年历史的骑行队伍。

“老兄！时过境迁啦。”我说。

“此话怎讲?”

“十年了，我们俩从喀布尔到加德满都，最后到了沙托鲁——真失败！”

---

① 欧仁·拉比什（1815—1888），法国剧作家。

作为摄影家，他去过六十多个国家进行新闻报道，尤其偏好东南亚。我们常在戈壁沙漠、西藏高原和贝加尔湖畔相遇。安德尔省呢？还是第一次。

我们第一天挺进了四十公里，晚上在沙托鲁不远处宿营。我们恢复了原先的步调，但我们的步伐曾经雄健有力，而如果在幽暗处行走，必须曲折前行。

我们在白杨树下回忆逝者：他的父亲，我的母亲。我们的慰藉方式不同。他有上帝，我则满足于世界。哪一种更有帮助？相信天堂永恒，还是在自然的褶皱中寻找死者的阴影？我们为此讨论良久，但仍有一条不可逾越的鸿沟。我喜欢想象，对母亲的回忆有时在池塘倒影中显现。他则知道父亲正安宁地待在那个总有一天他本人也要去的地方。我们不准备再试图说服对方了。

我们穿过多岩的平原。山坡的斜面向天空倾去，为光线提供了美好丰饶的光洁画板。空气闻起来像蘑菇房，风景与香槟地区相似。

我们沿安德尔河行走了四天。河水穿过白杨树篱和柳树，围墙摊开它的绸缎。我们捕捉到它的存在。它在光里闪耀，又缩进阴影，再出现，又逃走。我们在小岛上、灌木丛里寻找宿营地。我几乎担心惊扰到守护女神。我们在树根上摆开餐桌，有着丝绒般皮肤的蓝色蝶螈在树皮里睡觉。我们遮盖火焰，不再往它们漂泊者的畏惧心上添加农民遇到的灾祸了。瓜克把接骨木树枝削成竹签，用来串香肠，我们现在理解俄罗斯人为什么这么喜欢在森林里烤肉了：露营地是一道空隙。你可以毫无束缚，酩酊大醉，没有耳朵注意听你们的谈话。肉食和自由！宿营是种奢侈，使后来在宫殿里度过的夜晚变得难以忍受。

白天，我们在沉睡的村庄里寻找小店铺。找到一家咖啡馆等同于在瓦尔扎扎特①南部寻找绿洲。格里昂、维勒迪约被致命的厄运打击。命运用一条国道折磨着它们。那是在乡村的肥膘上放血。一台三十三吨水车横穿空荡荡的泻水坡。

维勒迪约 19 世纪的教堂三角楣上涂写着黑色字母：“法兰西共和国”。

“孔布神父②这个混蛋。”瓜克说。

格里昂市政厅挂着横幅：“农村人：共和国的二等公民。”

“这条标语是为了反对合并地方行政区的计划。店铺会在合并中消失！”瓜克说。

这个地方像垂死的人：不愿意通风换气。时间洗牌，历史

---

① 非洲北部国家摩洛哥城市。

② 埃米尔·孔布（1835—1921），法国政治家，1902 年至 1905 年间任法国总理，因为受过宗教教育，被称为“孔布神父”。在担任宗教信仰部长时，反对教会干预公共事务。

前行，旧体系分崩离析。乡村和国家顶层一样，建制已摇摇晃晃。没人能预见后续情况。居中状态并不舒服，似乎没人愿意安心地生活在菲利普·迪克[①]的小说里。还有森林能度过迷人的夜晚，还有幽暗小径能略微散心。

从洛什到沙托鲁的铁路在1970年废弃，从河岸的一侧拐向另一侧。我们沿轨道走了几公里，惊起了灌木丛里的鸣禽，走过战后在安德尔河上建起的金属桥。我们在横梁上蹒跚而行，逼进密林，朝向心中的北方。荆棘缠住铁轨，它们是最先收复荒地的。当我们深入其中时，会以另一种眼光看待荆棘。我钦佩这些长刺的植物。

“我更偏好耕作农田的文明，随你怎么想。”瓜克对我说。

这是个浪漫的时刻：道路消逝，我们却乐在其中，因为它没有给我们任何希望。只有思绪喷涌。

博利厄莱洛谢，安德尔河畔阿泽：河流散播着它的爱抚。黎明时分，乌鸦（当然是匿名地）叫醒我们，我们又出发走向田野。它给我们的印象是温柔，携带着智慧的伟大秘密和久远的慵懒，这是羞怯的鸟儿的国度。水流自身也深情优雅地轻抚河岸。只有鼩鼱大胆地爬上我们的背包，因面包的气味而发狂。

---

① 菲利普·K.迪克（1928—1982），美国科幻小说作家。

对话把我们引回自己的执念：幽暗的小径。瓜克知道，它们有时伸展到地图以外，在我们中间挖掘坑道。一个人自己很难建成一座寺院，但是，一旦掀开暗室的活板门，还是可以居住下去的。我热衷于所有自我封闭的人类体验。那些带着改造世界的目的而投身其中的人当然让我着迷，但有些东西拦住了我：他们最终总是表现为自我满足。他们发表演讲，建立理论，吸引民众；他们选择了光明的大道。如果把生活视为阶梯，我更偏好蹭着台阶拖着步子爬上塔楼的灯塔守卫人，而非舞女表演时为获得喝彩而在漫天羽毛中走下楼梯。

有数千种方式可以逃避人世。旧石器时代的一个人应该是这项运动的首创。我想象他站起身，离开篝火的光晕，从此消失在草原上，面对威胁，但很自由。后来的历史多次见证这类实验。波尔罗亚尔修道院是最高尚、最完善的道别方式。熙笃会修道院是最舒适的：一切都已就绪，在固定时间就餐。书房是最朴素的：只需要热爱学识，有一张书桌即可。艺术家工作室是最有教养的：他们归隐，为后世留下作品。山间隐居最为享乐主义：烦恼时就去攀登北壁，显示姿态之美。隐士的洞穴——在4世纪吞食蜥蜴的时代，是最符合痛苦有益论的。高山牧场的羊圈最为浪漫，森林小屋最是青春。帝国前哨的殖民地堡垒最有气派。农场重建的公社最为冒险，因为国家不喜欢潜在的异见者孤岛。作家伊丽莎白·巴里耶刚刚阐述了一种新方法，她断言，半聋使她“被迫进行深度冒险”。接下来就等被世界的丑陋压垮的生命自剜双目了。

这些隐修者都经由各自的幽暗小径走向孤独的内境。他们拒绝物品的堆积，反对将世界投射在一块屏幕上。塔尔纳克的无政府主义者①、古老俄罗斯的东正教长老、法属西非的骆驼骑兵或许不接受相互对话，但他们有相似之处：在沙漠里居住不会使他们不快，他们身形消瘦，全都知道敌人常常从虚空之处突袭。

瓜克在图尔以南的安德尔河畔与我告别。我继续在温热的天空下向北溯流而上。空气闻起来像熄灭的蜡烛和灰猫的皮毛——秋天的气味。彩粉画般的光线给耕地覆上了一层蛋白霜。我的步伐比旅行开始时轻快得多，行走的疗效得到提炼。它传给我的这种珍宝是我如此需要但又难以维续的：节奏感。我有时大口呼吸田野上方的空气。我们能醉倒在夜晚清洗过的牧场香味中，就像因葡萄佳酿醉倒一样吗？割过的青草的香味里有让人兴奋的成分，是大地呼吸的征兆，而我仍有权利行走其上。在安德尔河畔阿泽的一家旅馆里，我读到一个关于卡宴②的苦

① 法国科雷兹省塔尔纳克市镇的一个青年团体奉行激进意识形态，组成小团伙从事反抗活动，于2008年因破坏铁路被逮捕。

② 南美洲港口城市，法属圭亚那的首府。

役犯监狱的故事，在其中发现了囚犯一直重复的老调：“过去背叛了我，现在折磨着我，未来惊吓着我。”在树林里行走扫除了这些恐惧。我可以重新组织这句老话：“过去强迫了我，现在治愈了我，我对未来毫不在乎。”

第五章

走向大海

10 月 17 日，在香贝尼

过了特吕伊埃，我在小片林地间穿梭，追逐幽暗小径的痕迹。在灌木丛中航行是野兽的命运。在开荒者社会使用石斧以前，我们的祖先经历过危险的旅程，在洞穴中躲避过，在土狼出没的林海中小步跳跃过。后来，人类制服了世界，公式反转过来。此后的森林支离破碎，轮到动物在开阔的空间中寻找仅存的隐藏地了。绘制而成的是底片上一座暗色的群岛。

这个地区较为平坦，更让人熟悉，更加和缓，不像韦叙比耶的石灰岩雕那样上仰，这里的小径多砂，有些地形好像被手掌轻拂过。我遇到了一些熟悉的村庄，它们蜷缩着安睡在回忆周围。这里没有普罗旺斯自然界中阳光对事物的重拳，也没有易怒的空气。我明白即将抵达海边。

在他人后院行走的过程相当复杂。国家地理林业信息研究所地图并未标明全部的私有道路。围栏和标牌把我拒之门外：

“私人领地。”我顺着有狍子穿过的空地走，但道路突然撞上了栅栏，上面明确写道：“严禁入内，最后警告。”活见鬼！自从圣女贞德横扫这个地区以来，在图赖讷可不能开这种玩笑。

当我路过一块围着铁栏的田地时，看到标牌上明示“果园有视频监控”，我就明白已经进入城市的轨道。图尔接近了。城市就像行星，它们的引力吸引流星，但如果过于接近，会被卷入湍流区域。我决定从东面绕过图尔。只需从武夫赖渡过卢瓦尔河，抵达莫奈。

安德尔河和谢尔河之间的台地布满了小地块、厂棚、环形交叉路。我在这些设施之间闲逛了两个月，竭力把它从视野中掩蔽起来。这一次我未能成功。幽暗小径至少有这一功效：它们在土地占有规划的赘疣之间蜿蜒曲折。人类是有多么滑稽，才会自以为一片风景需要人为整治。还有人在谈论增强现实。或许有一天他们还会忙于照耀太阳？

10 月 18 日，卢瓦尔河之上

走向谢尔河的路程是一场障碍赛。铁路和国道从东到西顺着河流延伸，是人类流动文明的神经轴突。这个时代的大事是，迅速且大量的移动。我从南向北步行，垂直于运输线。接下来几小时得经过许多桥梁！

卢瓦尔河上方的西北侧天空悬挂着热气球组成的花环。我想象着一群美国人漂浮在幸福之中，喝着高脚大玻璃杯中的希农葡萄酒，因这个地区尚未被人群轰炸而感到庆幸。

被卢瓦尔河涡流催眠的我在蒙路易桥上待了多久？漩涡在石桥墩间卷起泡沫。水流引人冒险。而正如贝玑[①]所说，“这条沙的河，这条荣耀的河”呼唤人们跳下（这个他倒没说）。水来自奥弗涅高原，将要注入大西洋。我沿着铁轨过了桥。

右岸的武夫赖高原遍布着葡萄园，我又在那里寻回了友善的景致。普罗旺斯的酒是岩石被阳光击打流出的血，这里是被轻雾养育的沙地的淋巴液。高原侧面低垂着悬崖，露出岩洞。这种炼金术使我陶醉：葡萄园和虚空的炼金术。我已被禁酒，但仍能因虚空而陶醉。

莫奈南面延伸的森林将容纳我的宿营地。我首先得从一座桥上穿过高速公路，我胡思乱想了很久，臂肘支在栏杆上，眼睛盯着车流。或许有一天，当最后一滴烃耗尽时，这场芭蕾将戛然而止。在那个时刻，就应该待在那儿，在一座高速公路桥上，车流减缓，停滞，车门打开，驾驶员下车，相互致意，神情惊讶，然后继续步行前进。

我和最后的余晖一起留在树林里。我生起火，支起瓜克留给我的小帐篷，在橡树荫蔽下晚餐。我拥有晚间防护的一切要

---

① 夏尔·贝玑（1873—1914），法国诗人和作家。

素。夜晚使森林微颤。高速公路的喘息一直传到林中空地。野兽感知到威胁。两欧元一升的无休止移动无法持续到永恒。

10 月 19 日，经过加廷图尔

这一晚十分嘈杂。图尔的森林里来来往往！野兽在幼树中乱翻。树叶掉落，森林噼啪作响，树木蜕皮。这是我在白霜中醒来的第一个黎明。灌木丛的树叶吱吱嘎嘎，直到莫奈。

接下来的五天在平原上度过，我的眼睛在一比两万五千的地图上灼伤了。路过铁道，沿着林边，切过高压线，向拖拉机致意。追捕幽暗小径是我的美好追求，是我的大型游戏。晚上，市镇中心充满生机的小旅馆改变了露营地中的我。这是我在拉康、马耶、马利科讷、舍维耶度过的夜晚。

偶尔有人出没。人数稀少，但很亲切。有些人被狗拖着在林缘散步。我在福莱奈的磨坊遇见一条给了主人步行机会的短毛垂耳猎犬。他是本地人。

“磨坊还在运转时我就来过：我父亲拿来麦子，用面粉给磨坊主付款。”

“今天呢？”

他讥讽地打了个嗝，好像我竟然以为叶轮仍在转动似的。走过马耶，赤褐色的森林中立着一些石柱。硅质土小道从松树间溜向西北方。圣马丁的酒吧店主像一位绝妙的蜘蛛精，裹着黑色蕾丝，搽着胭脂花粉。人们向她要酒水时会希望她在其中下咒。一对圆脑袋的兄弟在狂饮，温柔地相互支撑着身体。墙上挂着动物标本：一只猫头鹰、一只乌鸦、一只山鼠。那位老妇任凭我将头埋在桌上睡觉，然后把我叫醒，用抹布擦了桌子，让我睡得更香。

10 月 22 日，在勒芒的香槟地区

日复一日，风景的变化难以察觉。只有国土政策造成了它的差异。经过这样一趟行程后，可以画出一幅同心圆。米其林指南上的乡镇城中心充满魅力，教堂已经修葺，茶屋前有时落成了一所书店。伍迪·艾伦可以拍摄他惯常的电影。他的演员会发现“外省是一场盛宴”，登陆是值得的。

然后是第二个圆圈：独立房屋区。一位穿着睡衣的先生在剪草坪。他已经洗完了车。一则告示通报，一位罹患阿兹海默症的老太太离世。

第三个圆出现了，是商业圈。停车场停满了车，超市从不关张，肘子总是在促销。更远处的一个环形交叉路口安排了方位基点，于是就到了田野、机械仓库和森林，野猪在那里等待开猎。这一切都证明了一点：只要付出努力，即使法国人也能整治世界。

这些时日的唯一挫败发生在接近养禽场之时。这些集中营式的库房渗出苦难的气息。鸡雏在那里等待死亡，一动不动，从未见过天空。这些活的材料工厂前停着漂亮的汽车。一定有人从集中营中受益。我的鼻子已经闻不出这些地方散发的气味了，但我了解这种酸味。如果我胆敢过于接近这些厂房，企图穿过田地，少走一两公里，警卫常常毫不客气地把我轰走。他们或许从我身上探到了那种在吞吃烤鸡前批判乡下人的巴黎人的影子。

我在同一天跨过了萨尔特河（黑色而具有肉感，覆盖着黄铁色粉末）、高速公路（他们称之为“海洋之路”）和一条在建的高速铁路，我理解它的用途：得在这个网络上再加一条线，让人能够飞速抵达那些他们又将急于离开的地方。

10月24日，经过拉瓦勒区

我走近城市，进入昂特拉姆镇。我跟咖啡馆女店主点了一份“维安多”调味汁。

“那是什么？”她说。

“一种调味汁。”我说。

“从没听说过。哪儿有？”

“哪儿都有。昨天在布吕隆就给我上了一份。”

“那是在萨尔特省！”她说，“无论他们做什么，我都不会惊讶。”

整整两天，马耶讷省为我提供了它温柔的通道。滨江路已经受到“生活环境管理处”整治。履行这类职责必须品德高尚！河岸变得整洁，但失去了一些浪漫气息。或许无法在高草中做爱，但可以不离开水岸就一直抵达拉瓦勒。我在拉瓦勒待了一天，躺在梦中，然后重新踏上河岸的道路。河流缓慢，可以想象在它黑曜岩般的波光下，食肉的梭鱼正进行可怕的捕猎。一位慢跑的女士在看见我时惊惶地掉头跑了。我不敢正视自己在河中的倒影。

在昂杜耶，我对安置在教堂脚下的一项创新产生了兴趣：一台“面包分发机”取代了面包店。往口子里塞一欧元，就能取到长棍面包。这台机器遭到了破坏。从中可以得出法国式的教训：缺面包时，人民造反；缺女面包师时，他们砸机器。

到沙扬时，橙红色的月亮升上仍呈粉红色的天空，我坐在埃尔内埃桥的护墙上吸烟，把月亮指给行人看，但无一例成功。当走了近四十公里、在晚上到达拉多雷埃时，我对遇到一个能进行对话的灵魂已经不抱希望了。一位老先生靠在木头仓房旁品味夜晚的空气，我觉得他是一位农场主。他提出让我在他家过夜，而他家就紧邻一片湿润的草场。他的妻子做了煎饼，上面抹了一大块黄油，她说“所有诺曼底人家里都这么做”。这是在上马耶讷与温和的人们共度的一顿晚餐，他们的回忆为谈话提供了素材。

“我以前是木匠，四十岁时受了伤。大家以为我残废了，但十年以后，我拖着僵直的腿出发徒步去了。”

“别人叫他‘流浪汉’。”他的老妻说。

“三十年里我一直在穿越法国：阿尔卑斯山、比利牛斯山、中央高原。我都去过。一瘸一拐地走！”

“他每年都旅行一次。我开卡车跟着他。”

“有一天我会写一本回忆录。我还有时间！我父亲去世时一百岁，我现在才八十岁。”

他们向我讲述了诺曼底登陆后撕裂该地区的激战，在莫尔坦、法莱兹的反击，他们都还记得，以及后来安宁有序的生活。我无法组织起这样的生活，因为日子飞逝，我却未能战胜恐慌惊惶。他们为我准备了房间。我在本子上匆匆记下几句话，发现我步行的里程几乎赶上这位老东道主了，但这不足以让我认为自己前面还有时间。

10 月 28 日，马耶讷的博卡日

早饭时，我们看着电视上滔滔不绝地播送各种杂闻，我在这时理解了两位主人最为我喜欢的特质。首先，他们绝不加以评论。最后，他们提及这个地区时，每句话都一再重复“我们在这里很惬意”。简而言之，他们属于一个罕见的群体：保持缄

默并深深扎根的人。

拉芒什海峡的首批使节——海鸥和绣球花，在上马耶讷的山丘冒险。这里的人用《法国西部报》包裹起鱼，屋顶上铺着岩板，都是海的征兆。山谷雾蒙蒙的背景中，浮现出一座修道院的废墟。我穿过树林，倚靠着山丘。我常常平躺下来，观察云朵。这是世界上最古老的职业。

从迪塞到莫尔坦的旧铁路线在圣伊莱尔-迪阿库埃展开于眼前，铁轨已经不在了，但线路一直存在，沿一条林荫小巷向西笔直进发。一棵火红的橡树赶在仍呈灰绿色的兄弟们之前发出了秋天的信号。原有的红砖火车站至今还在。这里发生过诺曼底战役惨烈的篇章。六十年后的我们以为盟军在光复区人民的喝彩声中轻易推进，但事实上比预计得更加艰难。我今早在报刊书店里读到，比弗①说“博卡日的泥潭”减缓了英美联军的推进。和平回归大地。与此同时，森林重建权力，绿色大殿现在温柔地庇护着行人，沙沙的树叶声使颈背如同遭到电击。

10 月 29 日，**海湾**

铁道线一直通往蓬托博桥，使巴顿及其登陆部队得以通行。他从地理的脐点开始渗透自由。桥拱下的塞吕讷河并不乐意在

① 安东尼·比弗（1946— ），英国军事历史学家，著有《二战史》等。

泻湖的淤泥中死亡。一条道路从盐碱滩中沿着河口湾通向阿夫朗什。这是我的最后一局，上攀科唐坦半岛，直至阿格角，观看陆地陷入海洋。我选择顺着西海岸走，这样左耳就能享受浪花拍岸的乐音。如果走另一边，即登陆的一侧，我将失去呼吸潮汐的机会。如果能够预测身处的位置，一只耳朵失聪并不那么严重。餐桌上，剧院里，半岛上，生活就是一个定位问题。

我沉着镇静地走着。两个月来的这种锻炼在我身上开启了一个滴漏装置，什么都阻止不了。早上，我的背部还在剧痛，但走上三四公里就消失殆尽，长时间运转的齿轮会自我润滑。步行也起着精神蒸馏器的作用，溶解了渣滓糟粕。所有肉体在坠地以后——只要还能再站起来，都必须远足一次。从梅康图尔开始，我所做的努力像刨子一样打磨着我内心的刺。当晚，我一直坐在石凳上，背靠盐碱滩前的一堵屋墙，面对康卡勒的海岸线。北面笼罩着来自海上和天上的雾气。南面是意大利油画般的光线。这是为徒步行走、为我的蜕变期、为我的幸运而祈祷的时刻。

在普罗旺斯的路上，我还很难赶上自己的影子。在中央高原，我感觉有不友善的想法在漂浮。在这里，在一个被碘洗刷、盛装的鸟儿飞过的世界，它似乎正平静地滑过。无论在何处，幽暗小径将它们的双重功效赠予我：抹除身体，释放行为。

一种新的肉体错乱困扰我三天了：彻底失眠。夜晚像柏油一样流过，它们这种不公正的拒绝让我烦躁难忍。我睁眼躺着，等待黎明将我释放出狱，然后惶惑地起身穿衣，踉跄走向下一个歇脚处，想着萧沆①年少时在布加勒斯特的夜晚漫步。他以活死人的步伐走来走去，最后终于明白，必须做的是发疯，而非努力入睡。一天晚上，他回家时发现母亲坐在厨房的凳子上抽泣。她等了他几小时。她注视着他，喃喃地说："我早该堕胎的。"失眠是死亡的普遍性重复，却没有获得赐福，未能完满实现。我的母亲过去常常抱怨这种得不到休息的死亡。而我有迎风而立的白昼、草的友谊、树的剪影、季节、钟楼令我重返青春。这比一位来自喀尔巴阡山脉的神经衰弱的母亲更有价值！

塞吕讷河标出一个拐角。圣米歇尔山突然出现在草丛上方。神奇的舍利塔就在那里。大群鸣禽在咸味的空气中爆发，为宝塔和泻湖的婚事抛洒五彩纸屑。这座山集合了四种元素，除了水、气、土，还要加上信仰者的火。这些12世纪的家伙不缺胆量，竟敢把祭坛竖立在泥洼里，面朝一个集排水、塑泥、水流、迁徙的鸟和扑簌的芦苇为一体的系统！永恒不朽与瞬息即逝毗邻。但必须明了，永恒存在于淤泥换气、泻湖排水和幼虫孵化之中，瞬息即逝的则是人尝试将传奇植根于岩石之上的企图。

视觉错觉让人以为芦苇颠覆了物理法则，它们的羽簇似乎

① 萧沆（1911—1995），罗马尼亚旅法哲学家，20世纪怀疑论、虚无主义重要思想家。

支撑着全部重量。鹰隼在碘化的草丛中猎食。岩石后的天空被渲染成珍珠色。啊，如果贝玑是个阿夫朗谢人，而不是来自博斯，那该多好啊！

我渡过塞吕讷河，带着数年来未曾有过的心绪走向热内。“灵魂上升到我的皮肤”，泰奥菲尔·戈蒂耶[①]在尚未体会到鸡皮疙瘩时如是说。十年前，我曾在拉萨北面一个进城的山口凝视这座城。另一次，我在咸海芦苇荡旁的一座俄罗斯渔村里扶起废弃墓地里的十字架。在这两个场景中，景致都扼住了我的喉咙。连续苦行后的肉体筋疲力尽，或许增强了内心的战栗。

沿着阿夫朗什与热内之间的海岸线行走的不便之处是背对着圣米歇尔山。只有不断地转过身去，才能从它的存在中获取滋养。行路变得复杂起来，每走一百步就得向这高高的界标致意一次。从肩头每望去一次，心灵都更加笃定：世界还在运转，鸟还在捕鱼，山还存在，漂浮于泻湖之上，雾气弥漫，模糊了一切轮廓。多次确认最终导致我的脖子扭痛。

水栖动物也并未停止活动。我从植物的空隙之间细察了它们的芭蕾。我对这些鸟类充满钦佩。它们在淤泥中生活忙碌，以蠕虫为食，却保持着无可挑剔的优雅，一尘不染。它们相互保持距离，从不过分亲热放肆。看到有其他人类在泥洼中行走

① 泰奥菲尔·戈蒂耶（1811—1872），法国唯美主义诗人、散文家、小说家。

了吗？那画面会很美。我发誓要在遗愿中加上一项：把我扔进泻湖。我将成为野兽（虫、鱼、甲壳类和水栖类动物）的食物，返还我几十年来食肉过多的生命中偷走的蛋白质。

我沿着海岸线劈开堆积的软泥。近期潮水高发，海洋的唾液冲上堤岸。我得在淤泥中跋涉几百米。这天晚上，我比预期用了更久才抵达热内，但无法确定是被冲积土拖慢了脚步，还是因为强迫性地向圣米歇尔山的剪影致敬。

10 月 30 日，科唐坦半岛以东

在地图上分辨幽暗小径现在已经不构成问题，只需沿着海岸线，在激浪和寂静间保持平衡。黎明撕开天穹，在大地和云层间拉出一线光明。这里的每次日出都像用刀撬开贝壳吻合的边缘一样努力。在走向格朗维尔的路上，我看了尖顶上千次，它是为地平线上的人们提供的吉祥礼物。我从未对这柄投枪嵌入无常的景象感到厌倦。沙丘崩塌，鸟儿烦躁不安，冬青树摩擦着已经熄灭的火焰。山坡上分布着座座房屋，满载着家族秘密。小径在金雀花丛中弯曲，在悬崖边勇敢前进，来到沙丘背面，劈开丘顶，消失在沙滩上。我在晚上到达格朗维尔。

接下来的几天，我向北行走。为了过夜，我发现沙丘中央有些杂草茂盛的空穴。我的营地接待了野兔来访，它们一点儿也不严肃，把帐篷撑杆搞得一团糟，破坏了我从失眠手中夺来

的珍贵稀少的短暂睡眠。我在早晨的轻雾中起身。海滩提供了逃隐的线路。我回想起马儿面对胸前一望无际的空旷而表现出的兴奋。我有时瘫倒在拂子茅间午睡，但总是因又要出发的念头萦绕而惊醒过来。在我左边，沙带展开两百米宽。仅在6月6日一天，向东线推进同样宽的距离就夺去了六千名登陆士兵的性命。他们向沙丘奔跑，被火和钢铁搅碎。六十六年后，我沿着白色沙滩愉快地散步。

我尊重海洋对陆地的入侵。为了绕过泻湖，即诺曼语中的“阿弗尔”，还得加上十几公里路程，才能最终来到出发点的正对面。斯堪的纳维亚海岸迫使峡湾的旅客努力前进，我在这里也遇上了。每当潮汐时，水道通过滴水口虹吸泻湖。船只休息，龙骨锚定，等待潮水倒灌。海洋闪烁着彩绘玻璃窗的光芒。反射天空是它们应尽的责任。有渔民站在那里，带着捞网，刮着篷布，他们能用抄网带回几篮虾或蚶子。这些人能够抵御今后到来的危机。草被盐分染白，等着回流的水使之复苏。这些都是受到祝福的地域，空气和水、阳光和黑暗在这里调和。地球生命诞生在这些盆池里，细菌在这些元素的交替中扑腾。

船埠岸边，芦苇的流苏遮掩了天际线。这是布置埋伏圈的植被环境。巴尔贝·多尔维利在《图什的骑士》中曾把反革命武装安营在这些“灌木和树篱”的布景之后，叛乱的圣心骑士在荆豆的掩护下为国王战斗。

巴尔贝用了动词“成为舒昂党人”来描述这些诺曼底英雄的行为。在他笔下，这个词同时意味着拒绝新的教义，穿着蕾丝花边打游击战，在阴影中穿梭，隐秘地生活，模仿野兽吼叫，在堤坝和山坡后捍卫世界。这既庄重又轻盈的奔走不正是在幽暗小径上生活的完美化身吗？要想恢复这个动词的意义，只需将在博卡日逃跑的技术搬进自己的个人生活就行了。我相信，内心的山崩地裂背后仍然存在着疯狂的世界、阳光的土地和自由的海滩。

11 月 3 日，在海边

我在海边绕着小弯，避过海滨浴场。沙滩被已经离开的蠕虫戳了百万个卷孔，使盐碱滩看上去有了中南半岛稻田的风情。船埠点缀海岸线的速度比不上战后的度假村。我经过了皮鲁海滩、林德伯格海滩、巴尔纳维尔海滩。这些设施是历史上位于后方几公里处的村庄在大海前沿的投影。重建时期，休闲社会在景观改造中也留下了笔触。继环形高速公路和筒仓之后，海滨浴场也成为繁荣法国的图腾之一。20 世纪 60 年代的社会对未来充满信心，使国土成为游乐场。东面，滑雪场沿着阿尔卑斯山的弧线吸引度假游客从事冬季运动。六个月后，天平振荡，把避暑者引向海滨。“休闲基地”和“度假村”诞生了。人们在雪炮吐出的粉末细雪上滑行以后，又在拖拉机耙平的沙地里玩要。“休闲地理”为了乡土面貌变换的需要，挥动了最后几下手术刀。在这个死气沉沉的季节，这些地方已被遗弃，却显示出舞台监督正在重设布景的幕后的魅力。沙滩上唯一活动的是渔民开着牵引车，在潮落时耕种他们的贝壳园地。有时，一条狗穿过街道。今夏，冰淇淋小贩的铃声宣告人们重返此地，请求大海复苏他们已被几个月城市生活清洗消毒的身体。

11 月 5 日

小径恢复了友好的布局，游走在虚空边缘，从悬崖边掠过卡尔特雷角的末端。海水在黑色礁原上搅拌着泡沫。岩石凹口隐约显现一些藏身之处：撤退的舒昂党人或巴尔贝引来的情人的床室。多刺的盐碱滩植物攀牢在虚空之中，以令人钦佩的谦逊朴实耐受着一切。这是给迷失在诺曼底世界边缘的登山者上的一堂课。

瓜克和于曼在巴尔纳维尔卡尔特雷与我相聚。我们在勒罗泽角的突出部分支起帐篷，面朝盎格鲁—诺曼底的岛屿，受着金雀花围饰的矮石墙保护。这些地块的名称与哨兵营地很相称：“守卫者之躯”。岛屿被云彩，然后被夜幕笼罩。黎明刚至，披挂着相机的瓜克就试图不让拉芒什海峡的任何一抹映像躲过他的镜头。于曼感到奇怪，既然已经有了克里米亚半岛，为何还要为科唐坦半岛如此花费力气呢。我则认为，忽视近前的珍宝而追逐世界是放肆无礼的行为。

瓜克承认，一个来自康布雷的人会在千岛群岛感觉到精神错乱的信号。

“如果我是独裁者，”于曼补充说，“我要强迫每个孩子步行穿越法国。这能预防肥胖，大家也都能认识植物名称。”

“还有那些政客！”瓜克说，“如果他们步行几星期，就能当选！这对他们来说是一种拉撒路效应。”

我凝视矮墙过久，耽搁了同伴们。博卡日的镶嵌工艺在此达到了完满的高度。石块接纳苔藓。苔藓圆润了尖角，保护野兽团伙。哦！如果能以“博卡日政治理论”对抗骚乱的世界，那将拯救人类。我们能借鉴树篱的天赋。它隔离却不禁锢，划限而不模糊，保护但不排斥。空气从中穿行，鸟儿在此筑巢，水果由此生长。它可以通行，但能阻止山体滑坡。生命在它的阴影下欣欣向荣，世界在它的饰带中繁荣发展，田地在它的蕾丝后面舒展。近来，全球主义的水母吞并了博卡日。世界舞台的归并宣布新时代的到来。它们或许感到高兴，但并未显露这样的感受。新的全球大草原将产生幸福的论坛还是战场，谁知道呢？可以确定的是，暴风雨降临弗拉芒维尔，而我们无处躲避。没有石棚！没有地堡！甚至没有突出在悬崖之上的小酒馆。

在幽暗小径上蹒跚而行，牵引着我的这个国度看似并不热衷于变化。斥责久远年份的重压是不妥的。当法国仍相信古老的命运时，如何能在全球化时代奋勇向前？化石从来不会成熟到能够接受变形。我们能要求珍宝馆保管员处理国际事务吗？从热带地区到北极格陵兰岛，到处都有国家冒出头来，准备成为地球火车站站长或全球杂货商。我们自认为仍处于世界中心，肩负着普世任务，全球化对我们而言并非好运。处于第一线的乡村遭受着剧变的折磨。农民面对具有全球规模的市场惶恐不安。这是可以理解的：当你在一片土地上耕种了两千年时，参与世界市场并非易事。

阳光穿透下来，粼粼波光盖满了塞奥托小海湾。但雨又急着落下，毫不胆怯。我们在烟灰色的天空下度过了下午，偶尔向阿格角的工厂瞟上一眼，有时在村里的咖啡馆躲雨。在诺曼底的全部问题就是要处于窗玻璃正确的一侧。

我们穿过矮墙迷宫，抵达迪耶莱特。海面的颜色好像湿润的石灰岩。房屋正面迎击阵风，站在它们引人遐想的门面前，可以幻想里面的地板嘎吱作响，家具打蜡发光。在村里鲜花盛开的园子里，好事者立了一块石碑，上面刻着“致无名的受辐射者”，影射的是核废料回收处理厂。不过，我在酒店床头灯下快乐地读完了《图什的骑士》的结局。

11 月 6 日，走向海岬

我展开国家地理林业信息研究所的阿格角地图，这里是我的最后一块界石。若布尔海岬扎进拉芒什海峡。地图的上缘仅有一片蓝，命令我结束步行。我试图在展开纸张时更加庄重。归根结底，这个动作将终结我缓慢的重建工程。一阵风使我的努力破灭了。

科唐坦半岛是法兰西为觉察下雨而向天空伸展的手臂。比维尔的沙丘在博卡日和海之间温柔起伏，上面覆盖着彩粉画般的植被。植物是否因为尊重天空朴素的优雅而禁止自己披挂刺眼的色调？

这天晚上，我们在若布尔海岬之巅支起湿透的营房。核电站的灯火提醒我们，在核裂变的同时还在雨中露营，必定是真傻。

11 月 7 日

我再次等到白昼前来把我释放。对于失眠患者而言，每个拂晓都是一次个人的 6 月 6 日。东方铅灰色的天空被太阳的光辉撕裂，这就是打开帐篷时显现的景色。光线将银斑射向水面，蕨类植物给斜坡铺上绒面。这个早晨有个好兆头。一万年前，狩猎采集者曾为了在这陡崖上生存而努力奋斗。诺曼人竟把这些斜坡称为“高崖”，一定会逗乐萨瓦人。饲养驯鹿的人有一个优点，他们站立在捕猎的天空之下，在仍然蛮荒的大海前巡视旷野。一万年后，EPR 核电站设施的触角向远处伸展。人们曾经打磨兽骨，现在在改造原子。时间流逝，天空依然灰色。

护墙上的植被英勇健壮。金雀花和起绒草紧紧扣在空隙之上。狂风压倒灌木丛，但无法使之退却。它们或许已被尖刺撕碎。斜坡上的灌木和这片区域的畜牧者一样：勇敢、顽固，身处西方世界的边缘。

阴郁的山脊在小径的每个拐角处勾勒出一条新的线条。乌鸦停在海带丛中，然后被一息微风触发，纷纷起飞。在诺曼底神话中，乌鸦是记忆中人物的化身。此处，它们站在被海浪侵袭的古老花岗岩上看守着，是记忆的守卫、过去海难的见证者。我们来到一个能看见古力灯塔的地方，这个“地狱”一直由一名守塔人看管，直到 20 世纪 90 年代被电子自动化系统取代。

“地狱？”于曼说，“一个能独居的地方？”

11 月 8 日，地图边缘和国土尽头

我们在遭受海鸥猛击的晨曦中向巴亚海岬步行。海总是造出很多海鸥。山坡上的德国地堡最终在牧场里化为碎屑。我们背靠一堵矮墙坐着。这里是科唐坦半岛的最北角。我来到了阿格角的信号台。

我躺在床上设想了这次法国漫游，我起身实现它，它完成了。这是一场诞生于坠落的旅行。按照我的看法，有些道路已经足够形成迷宫，让人孤独。那里还飘浮着山楂树和新鲜树皮的气味。我的漫游搭配着几次踉跄失足。我的抵达则是为了走

近护墙，结算我的账目，忘记厄运。此后展开的是新的幽暗小径，是我应该在一比两万五千的比例以外构建的小径。逃匿，自我封闭，侧步，夹杂着沉默、充斥着幻影的长期远离。一种撤离战略。

任何长距离行走都有救赎的气息。我们上路，一边在荆棘中寻找前路，一边前行，避开村庄。找一个隐蔽处过夜，用幻梦偿还白昼的悲伤。在森林里选定住所，在鸮的摇篮曲中入睡，在被高草疯狂电击的早晨再次出发，与马儿交错而过，遇见缄默的农夫。

乡村的法国藏在蜿蜒起伏的深处，其他地方的法国则在倒流。潮水接连而来。历史在这片领土制造了一块勤勉的棋盘，现在还残留一些剩余。农民与一个世界永别，但他们不认识它的替代者。与这些人谈话从来不会很长。他们并非除此之外无事可做。

我们又出发进入田野，在森林小径的分岔口看见自己母亲的面容浮现，无法解释。我们遇到休耕地，又回到树林，瞥见漂亮的石头教堂的礼拜堂，沿着河流，然后沿着海岸，在沙滩上行走，听见激浪，抵达国土边缘。这时回到自己的家，摆脱啃噬你心的蝇虫，洗去一切艰辛，重新站立起来。

我们总是应当响应地图的邀请，相信它们的承诺，穿越国土，在领土尽头站立几分钟，从而封闭那些糟糕的篇章。

我在奥蒙维尔拉罗盖前面伸出半岛的一块杂草茂密的岩石上度过最后一晚。我们走在滑溜溜的岩石上，在一片漆黑中抵达这个地点，扎下帐篷，轰鸣的海浪使睡眠远离我们。我们今天跋涉了三十五公里，博卡日使路线愈加复杂。

“结束了。”我自语。命运赐予我恩典，让我能够再次徒步，直到心满意足，还能在舒适的前哨营地伴着美好的星辰睡眠：峭壁上的狭窄台地，林下灌木丛，悬崖边缘。这个国度就在这里，在我的脊背下面。没有人能清楚知晓变形会为自己带来什么。国家不是爬行动物，不知道要如何蜕皮。法国改变面貌，乡村变换面容，城市变化形状，潮水从我们的帐篷四周上涨，明天我们将不再游荡。只有一点我们一致同意，我们仍然可以出发，径直前行，巡游大自然。依然存在日光汹涌的山谷，没有人为它指引前进的道路，而我们仍能在宏伟壮丽的国土深处度过夜晚，为这些风中挺立的时刻加冕。

应该去寻找，依然有空隙存在。

仍有幽暗小径存在。

有什么可抱怨的呢？

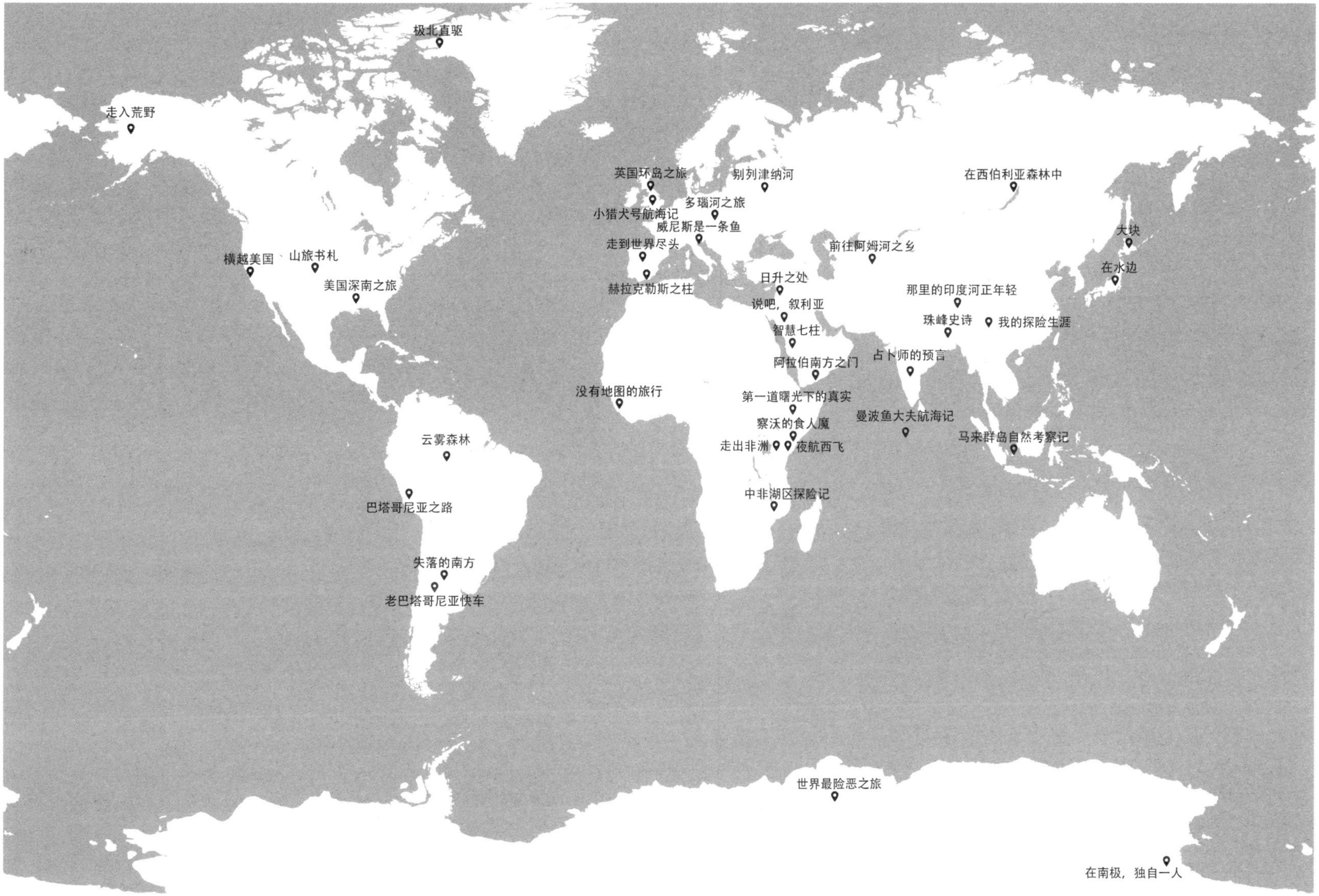

世界是一本书，不旅行的人只读了一页。

极北直驱
察沃的食人魔
横越美国
马来群岛自然考察记
前往阿姆河之乡
中非湖区探险记
阿拉伯南方之门
珠峰史诗

山旅书札
墨西哥湾千里徒步行
没有地图的旅行
在西伯利亚森林中
失落的南方
多瑙河之旅
威尼斯是一条鱼
说吧，叙利亚

世界最险恶之旅
智慧七柱
日升之处
那里的印度河正年轻
我的探险生涯
第一道曙光下的真实
在水边
美国深南之旅

别列津纳河
夜航西飞
走出非洲
在南极，独自一人
老巴塔哥尼亚快车
英国环岛之旅
大块
赫拉克勒斯之柱

走到世界尽头
走入荒野
曼波鱼大夫航海记
巴塔哥尼亚之路
占卜师的预言
云雾森林
小猎犬号航海记